줄배 타고 떠난 세계여행

윤숙경 지음

줄배 타고 떠난 세계여행

윤 숙 경

나는 경남 산청에 있는 필봉산 밑에서 태어났다. 여덟 살에 산청읍에 있는 초등학교에 들어갔는데 중간에 경호강을 건너야 했다. 언제나 머슴 등에 업혀서 등교해야 했고 학교가 끝나 집에 돌아올 때는 줄배를 타고 혼자 와야 했다.

학교 다니느라 고생하는 어린 것이 부모님 마음에 걸리셨던지 다음 해에 우리는 진주로 이사를 가게 되었다. 덕분에 경호강 건너다니던 시절은 1년여 만에 막을 내렸지만, 그 유년의 기억이 내게 문학의 씨앗을 심어주지 않았을까하는 생각을 하게 된다.

어린 내게 학교에 갔다 돌아오는 길은 하나의 모험이었고 여행이나 마찬가지였다. 오다가다 마주치는 모든 것들이 새롭고 신기했으며 미지에 대한 동경이 생겨났다. 밤마다 떠오르는 달과 별들을 보면서 저곳은 어떤 곳일까, 얼마나 걸리면 갈 수 있을까 하는 호기심을 품고 살았다.

어른이 되고 현실이 주는 삶의 무게에 지쳐가면서도 늘 저 넓은 바다 건너 다른 세상을 꿈꾸었다. 그런데 한낱 꿈으로 끝날 줄 알았던 세계 여행이 현실로 다가오기 시작한 것은 내 나이 오십이 다 되어서였다. 다행히 내 주위에 뜻을 같이 하는 친구들과 지인들이 있어서 근 삼십 년을 겁 없이 세계를 떠돌아다녔다. 때로는 여행경비를 마련하기 위해 낙찰계를 타기도 했었다. 삼년 넘게 그 돈을 갚아야 했지만 그것은 고통이라기보다는 환희의 기억이었다.

소녀시절에 감명 받은 문학작품이나 음악의 무대를 찾아가서 주인공들의 흔적을 발견한다는 것은 참으로 가슴 뛰는 감동이었다. 유럽의 오래된 도시들을 여행할 때에는 서양 건축과 예술의 정수를 마음껏 향유했으며, 안나푸르나와 남미여행에서는 자연의 오묘함과 신비로움에 넋을 잃을 뻔했다. 어디 그뿐인가? 지금은 고인이 되신 허세욱 교수께서 십여 년 동안 인도해 주신 중국여행은 그분의 방대한 지식과 높은 식견으로 가는 곳마다 역사와 문학의 현장을 고스란히 익힐 수 있었다.

그렇게 해서 나이가 들다보니 달나라, 별나라는 못 가봤지만 세계 구석구석을 돌아보았다. 주마간산 격일지는 모르지만 그동안 여행의 감회와 감동의 순간들을 적어놓은 글들을 모아보니 한 권의 책으로 엮을 정도가 되었다. 한 편, 한 편을 소 되새김하듯이 곱씹어 읽어보니, 보다 더 잘 쓸 수 있었는데 하는 아쉬움이 있다. 그렇지만 당시의 기억과 감정을 지금에 와서 되살린다는 것도 쉽지 않아 고쳐 쓰는 작업은 포기할 수밖에 없었다.

또한 언젠가는 꼭 써야지 하면서 남겨놓았던 부다페스트와 비엔나의 거리 풍경이며, 러시아의 겨울궁전, 그리고 브라질과 아르헨티나에서 각각 보았던 이과수 폭포의 장엄함 등은 이제 영원한 미완의 숙제로 남게 될 것 같다.

　한 권의 책을 낸다는 것은 용기가 필요한 일이다. 부끄럽기 때문이다. 내게 부끄러움을 무릅쓸 용기를 준건 지인들의 권유와 설득이었다. 그리고 또 다른 용기의 근원은 내 나이였다. 나이 팔십을 훌쩍 넘기고 보니 삶의 궤적을 정리할 필요가 있다는 생각이 들었다. 더구나 팔순잔치도 제대로 안했으니 책 내는 것으로 그에 가름해 보자는 뜻도 있다. 그러니 여러모로 부족한 글들이지만 '이만하면 잘 살았다' 스스로 생각하고자 하는 사람의 심정으로 헤아려 주시기 바란다.

2015년 12월 일
저자

차 례

제 1 부

제 2 부

차 례

제 3 부

제 4 부

페루

잉카제국의 후예들 / 페루 우루밤바

　　남미 페루의 수도 리마 공항에 내리기까지 무려 34시간을
비행기 안에서 보냈다. 지구의 저쪽 반대편에 위치한 '공중도
시'라고 알고는 있었지만 그렇게 멀 줄은 정말 몰랐다.

　　첫 번째 여정은 쿠스코였다. 배꼽이라는 뜻을 가진 이름에
걸맞게 이 도시는 그야말로 페루의 중심에 있었다. 그런데 고

마추픽추는 원주민 어로
'오래된 봉우리'란 뜻이
다. 해발 2,057m의 산
자락에 위치하여 '공중
도시'라고도 부른다.

마추픽추(machu picc hu)는 페루에 있는 고대 잉카 문명의 도시 유적이다. 미국의 탐험가이자 역사학자인 하이럼 빙엄(1875년~1965년)이 1911년 우르밤바 계곡을 조사할 때 처음 발견하여 세상에 알려지기 시작했다.

도가 해발 3,600미터나 되어 어지럽기까지 했다. 안내원은 그런 우리에게 웃거나 말을 많이 하지 말라고 충고를 해 주었다. 머리도 감지 말고 걸음도 조용히 걷는 편이 낫다고 했다. 끊임없이 코카차를 마시는 것도 큰 도움이 된다니 그렇게 하

마추픽추 옛 도시 유적은 3m씩 오르는 계단식 밭이 40단이나 있어, 총 3,000개의 계단으로 연결되어 있다. 전체 면적은 13㎢나 된다. 돌로 지은 건물의 수는 200여 호 정도이다.

는 수밖에 없었다.

　쿠스코시장에서 본 원주민들 중에는 그들의 전통 의상을 입은 사람들이 유난히 많았다. 긴 머리를 양쪽으로 길게 땋아 내리고 머리 위에는 높고 창이 좁은 모자를 쓰고 있는 것이 인상적이었다. 여러 가지 색실로 짠 옷감과 알파카 털실로 짠 옷가지들도 아름다웠다. 시장 바닥에 온갖 생활 필수품들을 펼쳐놓고 있는 상인들은 무엇이 그리 즐거운지 쉴 새 없이 웃고 떠들고 부산하게 움직였다. 그 자연스러움이 조금만 걸어도 숨이 가쁜 우리와 비교되어 신기하기만 했다.

　하기야 3,000미터가 넘는 고산지대에서 가장 격렬한 운동

중의 하나라는 축구를 즐기고 열성적으로 사랑하는 사람들이 아닌가. 이쯤 되면 이들을 존경해야 할 것 같다는 생각이 들 정도였다.

푸스코에서 마추픽추로 가는 기차에서 내려다 본 바깥 풍경은 우리의 5, 60년대를 연상하게 했다. 흙벽돌로 쌓은 얕은 담장 너머로 보는 집 뜰에는 돼지와 닭, 그리고 양들이 한데 어울려 노닐고 있었고, 빈 집의 대문에 두툼한 막대기가 걸쳐 있는 모습이 제주의 농가와 흡사했다.

때마침 지나가는 상여를 보니 과거 우리의 상여와 너무나 닮았다. 단지 꽃장식이 보다 더 화려할 뿐이었다. 황색 피부에 몽골반점까지 있다 하니 우리와 인종학적으로 가까운 사람들이 분명하고, 그러니 문화까지 비슷한 것이 아닌가 하는 생각이 들었다. 그렇다고 하더라도 지구 반대편에서 닮은 사람을 만나는 느낌이 예사롭지 않았다.

마추픽추 근처의 우루밤바역에서 내려 작은 차로 갈아타고

마추픽추로 가는 방법은 크게 두 가지가 있다. 하나는 쿠스코에서 기차를 타고 인근의 아구아 칼리엔테까지 간 다음, 버스를 타고 산 입구에 이르는 방법이다. 다른 하나는 마추픽추 외곽의 산기슭에서부터 고대 잉카인들이 만들어 놓은 오솔길을 따라 걸어가는 방법이다.

여남은 고개를 돌아 올라가니 신비스런 고대도시의 유적이 한 눈에 들어왔다. 계단식 경작지에는 그들이 살아온 흔적이 남아있었고 정교하게 지은 거대한 석조건물들은 전성기의 도시 모습을 그대로 전해주고 있었다. 잘 정돈된 궁전과 신전에서 수많은 작은 집에 이르기까지 모두 돌로만 지은 특색이 있었다.

깎아지른 듯한 절벽 위에 세운 그야말로 난공불락의 요새랄 수 있는 이 도시도 결국은 몰락의 운명을 맞이했다. 오백 년이라는 긴 시간이 흐른 후 이 도시가 세상에 다시 알려진 것은 1911년 미국의 탐험가요 역사학 교수였던 하이램 빙험 (Hiram Bingham)에 의해서였다. 마치 캄보디아의 앙코르와트가 밀림 속에서 오랜 잠을 자다가 프랑스의 탐험가에 의해 발견된 것과 경우가 비슷하다. 그런데 도시의 발굴과 함께 발견된 것 중에는 많은 수의 여자 미이라들이 있었다고 하니 그것이 사람들의 호기심을 더욱 자극한 요인이 되지 않았을까.

컬럼비아에서 시작하여 페루에 걸쳐 있는 안데스 산맥은 잉카인들의 정교한 역사가 흠뻑 배어 있는 곳이다. 빼어난 기술에 의해 지은 석조건축물들은 빼놓을 수 없는 그들의 문화유산이다. 크고 작은 돌로 이루어진 건축물의 이음새를 살펴보면 면도날 하나 들어갈 수 없을 정도로 정교하다.

마추픽추에 머무는 동안 사라지지 않았던 의문 하나는 왜 하필이면 해발 2000미터나 되는 고지대에 도시를 건설했을까 하는 점이었다. 그들에게는 문자가 없었으니 우리는 오로지 짐작만 할 수 있을 뿐이지만 전혀 이해가 안 가는 것은 아니다. 잉카인들은 산을 신이 머무는 곳으로 여겼다. 그러니 스스로를 '태양신의 아들'이라고 믿었던 이들이 신과의 만남의 장소로 생각했던 곳도 당연히 산이었을 것이다. 그렇다면 높은 산에 건설했던 그들의 도시는 신에게 보다 가까이 가려고 한 욕망의 발현이 아니었을까.

도시는 멸망했지만 그들의 후예는 여전히 높은 산에서 산다. 그들은 아직도 신과의 만남을 꿈꾸며 살아가고 있는지 모른다. 여인들의 아름다운 직조술도 이곳이 여전히 잉카의 땅임을 말해 준다. 갖가지 고운 색의 실을 씨줄과 날줄로 짜서 아름다운 옷감으로 만들어내는 기술은 오랜 옛날부터 어머니에서 딸로 대물림하여 내려온 것이다. 고대 도시는 몰락했지만 이 땅의 주인들이 계속해서 아름다운 옷감을 짜고 있는 한 잉카문명은 죽은 것이 아니다.

아르헨티나

삼바쇼 장의 아리랑 /
아르헨티나 부에노스아이레스

온 가족들이 합심하여 사탕수수를 수확하고 있다. 사탕수수는 이삭이 나올 때쯤 줄기를 베어 잎을 버리고 즙을 짜낸다. 이것을 졸이고 정제하여 설탕을 생산한다.

남미일주 관광여행에서는 아르헨티나의 탱고 쇼와 브라질의 삼바 쇼를 빼놓을 수 없다. 우리 일행은 부에노스아이레스에서 삼바 쇼를 관람할 기회가 있었다. 미리 들었던 바와 같이 화려하고 정열적인 무희들의 춤에 넋을 잃고 빠져들지 않을 수 없었다.

세계적인 관광지답게 객석은 세계 각국에서 온 관광객들로 가득 차 있었다. 쇼가 끝나자 각 나라를 소개하는 순서가 기다리고 있었다. 각국 사람들은 저마다 다른 민족성을 드러내었다. 스페인이나 멕시코인들은 광란에 가까운 정열적인 춤과 음악이 두드러졌고, 프랑스나 이탈리아인들이 부르는 노래는 감미로운 분위기를 자아냈다. 우렁찬 합창으로 장내를 압도하는 미국인들로 객석은 함성과 박수에 파묻혀 흥분의 도가니로 변해가고 있었다.

홍이 절정에 다다랐을 무렵 사회자가 큰 목소리로 "코리아! 코리아!"라고 외쳤다. 우리의 가슴은 갑자기 두근거렸다. 연주되고 있는 곡은 우리가 흔히 알고 있는 세마치 장단의 본조 아리랑이었다. 일행 중 젊은이 한 사람이 무대로 올라가서 느리고 단조로운 아리랑을 부르고 내려오는 동안 장내의 흥분은 썰물이 지나간 듯 가셔버리고, 분위기는 깊은 늪으로 가라앉고 말았다.

수년 전 인스부르크에서 오스트리아 민속 공연을 관람하던 중 주최 측이 흔들고 나오는 태극기를 보고 감격한 적이 있었는데, 그때 그들이 한국인 관광객에게 선물로 연주해 준 노래도 역시 아리랑이었다. 그날의 느리고 가라앉은 가락도 오늘 삼바 쇼장의 아리랑과 마찬가지로 일말의 곤혹스러운 감정을 느끼게 했던 것이 사실이다.

아리랑은 한국인의 민족정서를 잘 표현한 노래임

인디오 여인이 커다란 용설란 아래서 선인장 가시를 손질하고 있다. 선인장은 이 고장의 중요한 식량자원이다. 또 용설란 잎을 쳐낸 줄기를 증기로 쪄서 발효시켜 알콜을 생산한다.

남미 대륙을 흐르던 이
구아수 강물이 아르헨티
나와 브라질 국경에서
거대한 폭포가 되어 떨
어진다. 물줄기가 떨어
지면서 일으키는 물안개
에 선명한 무지개가 피
어난다.

에 틀림없다. 지역에 따라 많은 종류의 아리랑이 전승되어 오
면서 우리의 심금을 울리고 언제 어디서나 즐겨 부르는 노래
가 되었다. 지난 날 일제 암흑기를 지나면서 우리 겨레의 비
분을 아리랑 가락에 실어 달래 왔던 것이다.

이구아수 폭포는 아르헨티나 미시오네스주(80%)와 브라질 파라나주(20%)의 국경에 있다. 이구아수 강을 따라 2.7㎞에 걸쳐 270여 개의 폭포들로 이루어져 있다. 최대 낙폭이 82m인 것도 있으나 대부분은 64m 높이에서 떨어지는 거대한 폭포이다.

　그러나 88올림픽을 치른 이래 세계 곳곳을 가도 한국을 알아주고 반겨줄 만큼 지구촌에서 우리의 이미지는 크게 변화되었다. 7,8년 전 내가 아프리카나 지중해 연안의 나라들을 여행할 때만 해도 우리를 알아주는 사람들은 드물었다. 그저 일본 사람정도로만 여기고 "사요나라." 하고 인사를 해 오면 "노오!" 하면서 한국인임을 알리고 "안녕하세요."를 또박또박

가르쳐주면 그들은 즐거운 표정으로 따라하곤 했었다. 이제 는 한과 슬픔을 노래하는 한국인의 이미지를 보다 활기찬 것 으로 바꾸어 보여주어야 하지 않을까 하는 생각이 든다. 아리 랑을 알아주는 것만으로 감격했던 시대는 지났다.

같은 아리랑이라 하여도 지방에 따라 여러 종류의 별조(別 調)가 있어 그 장단에 따라 얼마든지 흥겨운 느낌을 줄 수도 있다. 몇 해 전 시중에 상영되어 우리 음악에 대한 일반인의 관심을 크게 고양시킨 영화 〈서편제〉에 삽입된 '진도아리랑' 만 해도 그렇다. 그 영화의 어둡고 무거운 주제에도 불구하고 아버지와 딸과 아들이 시골 들판에서 빙글빙글 돌며 진도아 리랑을 부르는 그 순간만은 일가족이 무척 행복해 보이기까 지 하다. 그것은 가사의 내용과는 상관없이 가락이 빠른 자진 모리 장단으로 흥을 돋우기 때문이다.

누가 들어도 흥겨우면서도 깊은 감동을 주고, 오랫동안 잊 혀지지 않을 노래를 발굴해 내어 지구촌 구석구석까지 알리 는 일이 요즘 여행을 즐기는 나의 색다른 숙제가 되었다.

노르웨이

쏘리아 모리아 / 노르웨이 베르겐

지난여름에는 20여 일의 여정으로 러시아와 북유럽 몇 나라를 다녀왔다. 쉽게 접할 수 없었던 러시아의 광활한 풍경을 그리며, 베일에 가려져 왔던 북유럽 민족의 문화와 소녀 시절부터 만나고 싶었던 백야(白夜)에 대한 환상이 떠나기 며칠 전부터 가슴을 설레게 했다.

모스크바로 가는 비행기에서 예닐곱 명의 우리나라 건설회사 직원들과 이웃하여 앉았다. 그들은 모스크바에서 비행기를 갈아타고 한 시간 가량 더 떨어진 곳에 있는 아파트 건설 현장에서 한 해 동안 파견 근무를 하기 위해 간다는 것이었다. 러시아까지 우리의 건설회사가 뿌리 내린 것이

구스타브의 조각 작품 앞에서.

'북구의 베니스'라 할 정도로 러시아의 페테르부르크에는 많은 운하가 있다. 100여 개 섬으로 이루어진 도시답게 섬과 섬을 연결하는 360개의 다리가 있다. 18~19세기의 바로크 양식의 아름다운 건축물들이 자리하고 있다. 레닌그라드로 불리기도 했으나 사회주의 체제가 무너지면서 다시 페테르부르크로 부활했다.

자랑스럽기도 하였으나, 젊은 얼굴에 나타난 까칠한 표정은 오랜 비행 시간 때문만은 아닌 것 같았다. 그곳은 시월이면 눈이 오고 겨울이 시작된다는데, 천지가 눈으로 뒤덮이고 꽁꽁 얼어붙을 그곳에서 그들이 이겨내야 할 긴 추위와 외로움을 생각하니 내 마음도 무거워 왔다.

페테르부르크에 있는 겨울 궁전은 제정 러시아의 마지막 황제였던 니콜라이2세의 거처답게 화려하거니와 그의 영광과 품위를 그대로 전해 주는 것 같았다. 250만 점이나 된다는 빛나는 소장품과 우수에 잠긴 니콜라이2세의 수려한 모습은 머릿속에서 쉽게 지워지지 않았다. 러시아 밤기차의 둔탁한 레일 소음에 잠을 설치기도 했고, 밤새도록 가도 어둡지 않는 뱃길을 바라볼 수 있는 밤배의 갑판 위에서 우리가 살던 곳과는 정말 멀리 떨어진 곳에 와 있음을 실감할 수 있었다.

서울을 떠난 지 한 주일 후에 노르웨이의 수도인 오슬로에 도착하였는데 백야(白夜) 축제가 열렸다는 하지를 지난 지도 열흘이 되었지만 여전히 밝은 밤이 계속되었다. 처음 며칠은 자정까지도 하늘에 빛이 남아 있는 밝은 밤이어서 가슴이 설레었다. 어려서부터 동경해 왔던 백야(白夜) 축제를 맞는 기쁨에 시간 가는 줄도 모르고 즐거워했지만 그런 밤이 거듭되면서 신기함은 차차 가시고 오히려 거북스러워 졌다. 잠자리에 들어도 쉽게 잠을 이룰 수 없었고, 안정이 안 되니 피로가

노드캡으로 가는 길에 서 있는 이정표. 노드캡까지 70㎞라고 써 있다.

쌓여갔다. 밤이면 으레 어두워지는 우리가 살던 곳이 그리워지면서 밤은 역시 어두워야 아늑하다는 쉬운 이치를 그 때야 깨달은 것이다. 오랫동안 동경의 대상에서 도취되고 난 뒤의 허무감이라고나 할까.

오슬로에서 우리가 묵은 그랜드호텔은 18세기 후반에서 19세기 초까지 있었던 노르웨이 독립운동의 산실이었다고 한다. 그 당시 세계적으로 이름을 떨쳤던 예술가들이 모여 스웨덴 치하에서 그들의 애국 혼을 불러 일으켰고, 1905년에는 드디어 독립을 하여 오늘에 이르렀다. 극작가인 헨릭 입센과 음악가 에드워드 그리그, 화가 뭉크 등 그들의 체온이 아직도 그곳에 남아 있는 것 같았다.

노르웨이는 산이 많아 숲은 무성하지만 농토가 적고 먹을

구스타브 비켈란
(vigelend Adolf
Gustav)이 40여 년간
심혈을 기울여 제작한
200여 점의 화강암 작
품이 있는 비겔란 조각
공원. 최고의 걸작품인
모노리스(Monolith)는
'하나의 돌' 이라는 뜻으
로 17m의 화강암에
121명의 군상이 조각되
어 있다.

것이 부족하다. 생활이 가난하다 보니 산에
많은 나무를 베어 배를 만들기 시작하였다.
세계 최초의 바이킹이 여기서 나왔고 겨울이
빨리 오고 눈이 많다 보니 옆 동네를 가더라
도 스키를 타야 한다. 짐을 등에 메는 룩색이
라고 부르는 배낭도 이곳에서 시작되었다고
한다.

만년설에 뒤덮인 높은 산들과 깎아지른 듯
한 계곡 사이로 길게 퍼져 들어온 피오르드는
옆에 펼쳐진 숲을 그 깊고 푸른 물속으로 빨
아들이고 있는 듯하였다. 피오르드 관광을 마
치고 베르겐으로 돌아오는 길은 구불구불한
산길이었다. 계곡을 가로막은 높은 절벽 곳곳
에서는 폭포가 천지를 뒤흔들 듯이 쏟아져 내
리고 있었다. 그 곳 휴게소에서 〈쏘리아 모리
아〉라는 명제를 붙인 그림 한 장을 선물로 받
았다.

배낭을 멘 아스케라든이라는 가난한 소년
이 첩첩 산을 넘어 먼 곳에 있는 황금으로 된
쏘리아 모리아성을 바라보고 서 있는 그림이
다. 유토피아를 그리며 꿈의 나라를 찾아 떠
나는 그 소년의 모습은 어쩌면 우리들의 모습은 아니었을까.

나는 이 그림을 보면서 문득 또 하나의 사나이 〈페르퀸트〉
를 떠올렸다. 입센이 전래민화를 희곡으로 엮은 〈페르퀸트〉에
에드워드 그리그가 곡을 붙였는데 그가 남긴 많은 곡 중에서
도 가장 널리 알려졌고 우리가 자주 들을 수 있는 명곡이다.

노드캡은 유럽의 가장 북쪽 끝이다. 노르웨이 최북단 북위 71도 10분 21초에 있으며 해마다 여름이면 세계 각국의 관광객 약 이십만 명이 노드캡을 찾는다.

꿈 많은 주인공 페르퀸트는 젊은 시절의 애인 솔베이지를 고향에 남겨 놓고 길을 떠났다. 오랜 세월을 방황한 끝에 그가 찾던 행복은 찾지도 못한 채 늙고 병든 몸으로 고향에 돌아온다. 백발이 다 되도록 오로지 페르퀸트만을 기다리며 살던 솔베이지의 오막살이에서 그녀의 무릎을 베고 평화스런 죽음을 맞는다는 줄거리이다.

그 겨울이 가고
또 봄이 가고 또 봄이 가고
여름도 역시 가면서
해가 바뀌고
또 해가 바뀐다네
아! 그러나 나는 분명히 안다네

기나긴 세월 동안 솔베이지가 그의 귀향을 기다리며 부르

노드캡은 해가 지지 않는다. 밤에도 해가 지평선 가까이 내려갔다가 다시 떠오르는 백야가 계속된다.

던 슬픈 곡조가 나의 가슴을 촉촉이 적셔주는 듯 흐르고 있다. 어디에 가면 행복을 잡을 수 있을까 하고 떠돌던 페르퀸트! 그는 영원한 쏘리아 모리아가 아닐는지…….

노르웨이 기행 3제 / 노르웨이 노드캡

1. 지구의 최북단 노드캡에 서서

나는 지금 북위 71도 10분 스칸디나비아 반도의 최북단에
서 있다. 거센 비바람에 잠시도 그냥 서 있을 수가 없다. 얼음
장 속으로 밀어 놓는 듯한 혹독한 추위도 견디기가 힘들거니
와 그보다도 괴로운 것은 너무나 강한 바람이 300미터 아래

노르웨이 피라투스 산으
로 오르는 케이블 카.

에 있는 절벽 밑 바다로 내 몸을 날려버릴 것만 같아서였다.

그래도 참아야만 하는 이유가 있다. 이곳은 자정까지도 해가 지지 않고 떠 있다가 다시 올라가는 것을 볼 수 있다는 노드캡(Nord Cap)이기 때문이다. 노드캡은 북쪽 끝(岬)이란 뜻이다. 여기까지는 정말 멀고도 먼 길이었다. 배행기로, 유람선으로, 기차로, 또 버스로 하늘과 바다, 땅과 터널 속을 달려왔다. 지난 6월 10일 김포공항을 떠난 지 나흘째 되는 날이었다.

우리나라에서는 사계절 중 하지(夏至)에 낮이 가장 길고, 동지(冬至)에 해가 가장 짧다는 사실을 당연한 것처럼 여기고 살아왔다. 그런데 우리가 살고 있는 지구의 어느 곳에서는 5월 13일부터 7월 29일까지는 해가 지지 않으며, 11월 18일부터 다음해 1월 24일까지는 태양을 전혀 볼 수 없다고 하니 천문학자나 지구탐험대 대원이라도 된 기분이 되어 꼭 가보고 싶었다.

여행을 할 때는 날씨가 좋아야 하는데 나는 그 문제만은 자신이 있었다. 궂었던 날씨도 내가 떠나면 좋은 날씨로 돌아가고, 그 많은 여행길에서도 날씨 때문에 지장을 받은 날이 별로 없었다. 몇 해 전 백두산에 갔을 때만 해도 그랬다. 다른 사람들은 몇 번을 가야 겨우 한번쯤 좋은 날씨를 만날까 말까 하다는데 나는 초행길에 쾌청한 날을 만나 백두산 천지의 그 신령스럽고 장엄한 광경을 만끽하고 오지 않았던가.

그러나 오늘은 아침부터 심상치가 않았다. 달리는 버스의 차창을 두드리는 빗방울이 커져갈수록 가슴은 조마조마했다. 그 많은 터널을 지날 때마다 희망과 실망을 수없이 거듭했다. 터널 하나를 빠져 나와 보면 두꺼운 구름이 가슴을 무겁게 했

핀란드의 날짜 변경선에 서 있다. 경도 180도에 걸쳐 있는 가상의 선이다. 이 선을 기준으로 동쪽으로 가면 한 시간을 추가하고 서쪽으로는 1시간을 줄여 날짜를 적는다.

노르웨이의 베르겐은 작곡가 그리그가 말년을 보낸 곳이다. 바람둥이 남편을 기다리며 홀로 살아온 솔베지가 부르던 솔베지송의 무대이기도 하다.

다. 노드캡에 도착했을 때는 이미 더 이상의 기대는 접어야 했다.

이곳에 대한 풍경은 그림이나 책자에서 많이 보아왔다. 자정이 넘어도 해가 수평선으로 넘어가지 않고 바다 위에 떠 있다가 다시 서서히 하늘로 올라가는 경이롭고 신비스러운 광경이다. 그 풍경을 보기 위해 먼 길을 돌아 많은 시간을 들여 달려왔는데, 구름이 두껍게 덮여 그 현장을 볼 수 없으니 얼마나 아쉽고 억울했던지……. 단념할 수밖에 다른 도리가 없는 처지에서 지구관측소 앞에 섰다. 23.5도의 경사를 유지하면서 자전하고 있는 지구모양의 둥근 조형물은 동서로 이어지는 경도와 남북으로 뻗은 위도만을 골조로 하여 속이 텅 빈 지구본이었다. 날씨만 좋았더라면 자정에 가까운 지금에도 떠 있을 태양의 위용을 마음속으로 그려보면서 관측소 건물 안으로 들어갔다.

여기는 세계 각국에서 온 관광객으로 북적인다. 오늘 하루만 해도 천 명이 넘을 정도로 많은 사람들이 찾아왔다는 것이다. 그러나 우리나라 사람들에게는 그리 많이 알려지지 않은 것 같다. 안내원이 이곳을 방문했다는 증명서를 주면서 한국 사람으로는 방문 순위가 100명 안에 든다고 말했다.

노드캡에 겨울이 오면 몇 달 동안은 암흑세계가 된다. 얼음에 갇히고 눈으로 덮인 북극에서는 희미한 별빛과 달빛, 그리고 북극광 불빛에만 의존하는 북극의 밤은 환상적인 아름다운 황야가 된다. 끝없는 산맥과 깊숙이 들어와 있는 피요르드(峽灣), 황량한 계곡과 빙하를 옆에 끼고 사람들은 수 세기 동안 이곳에 살고 있다. 어느 날 태양이 가는 띠 모양으로 수평선에 걸리는 날이면 이곳 사람들은 모두들 태양이 돌아오는 날이라고 기쁨에 넘쳐 미친 듯이 날뛴다고 한다. 오랫동안 햇빛을 볼 수 없었던 그들이기에 태양이 모든 생명의 원천이라는 사실을 이 세상 그 누구보다도 잘 알기 때문이리라.

이곳의 겨울은 겨울대로 높이 쌓인 눈을 치우는 큰 차를 앞세우고 많은 관광객이 줄을 잇는다. 탐험가와 모험가, 사냥꾼도 그 대열에 끼인다. 태양이 일년 내내 곁에 있다는 것이 그 얼마나 큰 축복인지를 이들은 북극의 겨울에서 새삼 깨달을 것이다.

지구 최북단의 땅은 오히려 새로운 꿈의 시작일 수도 있다. 우주 속의 지구를, 또 지구 속의 나를 찾아보겠다고 나선 이번 여행에서 내가 지구상에 찍을 수 있는 점은 어느 정도의 크기일까?

2. 트롤 이야기

노르웨이는 무수히 많은 산과 섬, 그리고 바다로 이루어진 수려한 자연 경관을 가지고 있다. 긴 산맥이 남북으로 뻗어있고 높은 산은 만년설에 덮여 있으며, 그 아래에는 깊숙이 파고 들어온 협만(峽灣)이 산 그림자를 그 푸른 물속에 그대로 안고 있다. 물이 많고 나무가 많은 이 나라에는 옛날부터 사람을 닮은 생물이 숲 속에 살고 있다는 전설이 있다.

깊은 숲 속에는 수많은 트롤(troll)이 살고 있는데 그 중에는 바닥이 없는 호수에 사는 심술쟁이 트롤도 있다. 또 사나운 폭풍우로 배가 파선되면 나타난다는 북 노르웨이의 트롤도 유명하다. 많은 트롤들은 초능력을 가지고 있다는데 무엇이든지 자기가 원하는 대로 변형시킬 수 있으며 트롤 소녀들은 스스로 아름다운 처녀 또는 요정으로 둔갑하기도 한다는 것이다.

그런데 오랫동안 전설로 전해 내려오면서 노르웨이 사람들의 머릿속에 상상으로만 존재하던 트롤을 세상 바깥으로 끄집어낸 사람이 있다. 바로 19세기 후반에 활동했던 데오돌 킷델센(1857 ~ 1914)이라는 작가이며 화가이다. 킷델센은 트롤에 대한 전설들을 그림과 함께 자세히 묘사함으로써 이들이 마치 아주 먼 옛날부터 사람들 가까이서 살아온 것처럼 느끼게 해주었던 것이다.

그는 찬바람이 불어대는 노르웨이 최북단 곳(岬)에서 수년간 살면서 많은 작품들을 만들어냈는데 이 때 나온 작품들은 그의 생애를 통틀어 가장 훌륭한 것들이다. 아마도 북 노르웨이의 황량하고 신비스러운 풍경 속에서 파괴적인 자연의 힘

을 만나고 그에 맞서면서 많은 걸작들이 쏟아져 나온 것은 아닐까.

물의 트롤, 바위 트롤, 숲속 트롤들의 연작(連作) 트롤 스캡도 이때 생겨났다. 이들은 하나 같이 뛰어난 상상력과 번뜩이는 재치로 사람들을 숲으로 데려가 거기에서 트롤과 요정을 만나게 해 주었다.

트롤은 마력의 힘으로 아주 오래 살 수 있다. 몸에 이끼가 끼고 나무가 자라는 트롤이 있는 것도 그 때문이다. 심지어 서로 간에 소리를 질러놓고 백 년이나 답을 기다리는 일도 있고 나이를 너무 먹어 자신의 나이를 잊어버린 트롤도 있다.

트롤을 가장 신나게 하는 것은 밤이 긴 북극의 겨울이다. 트롤은 햇빛과 상극의 관계인데 아침 해가 뜨는 줄을 미처 모르고 있다가는 갑자기 바위로 변해버릴 수도 있다. 이렇게 트롤의 전설로 가득한 노르웨이에서는 바위 하나 예사로 넘겨버릴 수가 없다. 우리가 무심히 앉아 있는 이 바위도 원래는 트롤 왕이었는지 그 누가 알 것인가.

노르웨이는 풍부한 자연자원을 잘 가꾸고 또 최대한으로 활용해 온 나라이다. 사람 사는 모습이 자연과 잘 조화를 이루었고 독특한 자연의 아름다움을 마음껏 즐길 수 있는 곳이다. 깊은 숲속에는 유달리 이끼가 많아 트롤 이야기의 배경이 되기도 했을 것이다.

이 곳 사람들은 아직도 트롤과 사이좋게 지내지 않으면 큰 액운이 따른다고 믿고 있다. 괴질(怪疾)을 불러온다든지 사람들이 다치게 된다는 것 등이 그것이다. 트롤 이야기는 수많은 스토리를 가진 재미있는 전설이지만, 그 속에는 자연을 사랑하고 자연과 더불어 살아야 한다는 깊은 뜻이 담겨 있는 것이 아닐까.

3. 그리그가 살던 집

베르겐 교외에 있는 에드워드 그리그(1843 ~ 1907)의 집은 그들 부부가 결혼한 지 18년 만에 지은 집이라고 한다. 작곡가 겸 피아니스트인 그리그와 소프라노 가수인 그의 아내 니나는 젊어서부터 한 곳에 머무는 것을 싫어해 늘 유럽의 여러 음악도시를 다니면서 연주활동을 하다 보니 집을 가질 필요성이 없었던 것이다. 이 집으로 이사 올 무렵의 그리그는 이미 많은 곡을 발표하여 유럽 전역에서 유명한 음악가가 되어 있었다.

그 집에 들어가려면 반드시 긴 골목을 거쳐야 한다. 이곳은 예로부터 트롤이 사는 언덕으로 알려져 '숲 속의 집' 또는 '트롤하우겐' 이라 불렸는데, 이것은 니나의 제안이었다고 한다.

집안의 넓은 정원에는 호숫가에서 잘 자라는 큰 나무가 많았다. 노르웨이 전통의 오두막 지붕 위에는 잔디와 잡초가 무성했다.

안으로 들어가니 실내 주방과 거실은 그들 부부가 살던 그대로 잘 보존되어 있었다. 특히 그리그가 은혼식 때 친구들로부터 선물 받았다는 그랜드 피아노와 그의 환갑 년에 받았다는 대형 덴마크 풍경화 등은 우리의 눈길을 끌었다. 거실 천장의 화려한 샹들리에와 식탁 한 가운데 놓여 있는 회전식 층층 식기걸이에는 은으로 된 화려한 접시들이 잘 손질되어 있었다. 이들 모두가 그리그 부부가 만년에 누린 높은 명성과 안정된 삶을 말해주고 있는 것 같았다. 그러나 자필의 악보 옆에는 생후 13개월 만에 잃었다는 외동딸을 안고 있는 부부의 사진도 놓여 있어 그들의 아픔까지도 고스란히 보존되어 있구나 하는 생각을 했다.

생전에 그리그처럼 높은 명성을 얻은 예술가도 그리 많지 않다. 그의 대표곡으로는 〈피아노 협주곡 A단조〉, 〈노르웨이 무곡집〉, 〈홀베그 조곡〉 등이 있는데 〈페르퀸트의 극음악〉은 더욱 유명하다. 이 집으로 옮겨 정착한 뒤에도 〈바이올린 소나타 H단조〉, 〈농민의 춤〉 같은 주로 피아노곡을 작곡 발표하는 등 최후까지 정열적인 활동을 했다고 한다.

그러나 그는 생후 13개월의 외딸 아레키 산드라를 잃은 비탄에서 헤어나지 못할 때도 있었고 평생 동안 가고 없는 딸의 사진을 가까이 두고 슬픔에 잠긴 날이 많았다고 한다. 그래서인지 그의 음악에는 우울한 선율이 많은데 특히 〈페르퀸트〉에서는 깊이를 알 수 없는 애절함이 가슴 밑바닥을 울린다. 〈페르퀸트〉는 노르웨이의 설화를 극작가 입센이 무대극으로 만

들면서 그리그에게 부탁하여 극음악으로 작곡된 곡이다.

주인공 페르퀸트는 꿈 많고 방랑기 많은 청년이다. 그는 젊을 때 서로 사랑한 솔베이지를 고향에 둔 채 평생을 방황하고 다니다가 세월이 흘러 늙고 병든 몸으로 고향에 돌아오게 된다. 이 때 평생을 오직 그만을 그리워하며 살아온 솔베이지를 만나 그녀의 무릎에서 생을 마감한다는 눈물 나도록 가슴 아픈 이야기이다. 〈솔베이지의 노래〉는 이제 그녀의 품에 안겨 짧지만 깊은 평안을 맞이한 페르퀸트의 죽음 앞에서 솔베이지가 부른 순정 어린 노래이다.

그리그의 집 정원에 서면 넓게 펼쳐진 호수 속에 잠겨있는 산 그림자를 볼 수 있다. 호수 건너편 숲속 낮은 언덕에는 동화 속 요정의 집 같은 오두막 몇 채가 나뭇가지 사이로 보인다. 그 어느 오두막집에는 아직도 그의 애인 페르퀸트가 돌아오기만을 기다리는 솔베이지가 살아 있을 것만 같다. 그 잔잔한 노랫가락이 귓속을 파고든다.

그 겨울이 지나 또 봄은 가고, 또 봄은 가고 …….

루르드의 촛불 행렬 / 프랑스 루르드

파리 오스테를리츠역에서 밤기차를 탔다. 약 일곱 시간 반이나 달린 끝에 우리가 내린 곳은 루르드였다. 채 잠에서 깨어나지 못해 몽롱한 우리들을 맞이한 것은 깊은 안개였다. 서서히 안개가 걷히자 마을과 그 뒤를 둘러싼 산들이 모습을 드러냈으며, 그 것들은 마치 신화 속의 풍경처럼 우리에게 다가왔다.

백여 년 전 포강 언저리에 있는 동굴 근처로 나무하러 간 열네 살 소녀 베르나 데르스빌에게 성모 마리아가 나타나 이곳 피레네 방언으로 말을 걸어왔다. 그 동굴 가까운 데 땅을 파 보면 샘물이 솟을 것이라고 말하고는 홀연히 사라졌

파리 시청 청사. 파리는 프랑스 최대의 도시이며, 수도이기도 하다. 이 나라의 정치, 경제, 문화 등의 중심지이다.

파리를 상징하는 에펠탑
의 야경. 밤에도 시원한
분수가 솟구쳐 시민들의
더위를 씻어준다.

다. 그렇게 해서 생긴 수많은 순례자들이 찾는 손꼽는 가톨릭
성지가 된 것이다.

숙소에서 휴식을 취한 후 기적이 일어났다는 성모 발현 동
굴을 둘러보기 위해 참배 길에 나섰다. 동굴 입구에는 녹슨
지팡이나 목발들이 너저분하게 걸려 있었다. 그것들은 몸이

불편한 사람들이 성수에 몸을 담근 뒤 쾌유되어 더 이상 필요하지 않으므로 버리고 간 것이라 한다. 자신에게도 기적이 일어나기를 바라기라도 하듯 많은 사람들이 무릎을 꿇고 진지한 모습으로 기도를 드리고 있었다.

루르드에 사는 가난한 소녀에게 성모 마리아가 모습을 나타냈다고 하여 세계 각국의 순례자들이 줄을 잇는다. 이곳에는 성모의 교회를 비롯하여 마리아 상이 조성돼 있는데 여기서 기도하면 한 가지 소원은 이룰 수 있다고 한다.

베르나테트 성녀의 생가도 둘러보고 루르드 대성당도 둘러본 뒤, 나를 제외한 우리 일행은 기적 수에 몸을 담그기 위해 길게 늘어선 행렬에 합류했다. 나는 가톨릭 신자가 아닌데다 더구나 세례 받지 못한 사람은 들어갈 수 없다는 말에 감히 엄두를 내지 못했다. 세계 각국에서 모여든 사람들은 그 긴 줄을 이루며 차례가 올 때까지 몇 시간이고 기다리고 있었다. 하기야 그 성수에 한번만 몸을 담그고 나와도 크고 작은 병이 다 낫는다고 믿는 사람들에게 그 정도 기다림은 아무 것도 아닐 것이다. 성수 침수를 하고 나온 사람들은 하나 같이 성모 마리아를 만나기라도 한 것처럼 황홀해하고 있었다.

유럽은 물이 그다지 풍부하지 않고 석회질이 많이 녹아 있어 끈끈하고 뻑뻑하다. 그러나 이곳은 수량도 많을 뿐 더러 게르마늄 성분이 많이 들어 있어 피부병뿐만 아니라 관절염 과 위장병 등 여러 가지 질환에 효과가 있다고 한다. 루르 강 을 비롯한 많은 강물과 만나면서 이곳의 물이 좋아 병을 낫게 하는 것이라고 나 혼자 생각해 보았다. 거기다 기적의 성수라 고 믿고 매달리는 그들의 절대적 믿음이 병을 낫게 하는데 큰 힘이 된 것이 아닌지.

드디어 밤이 되었다. 높다란 성모상을 가운데 두고 있는 광 장에서는 촛불을 든 순례자들이 하나 둘 모여들었다. 성당 앞 제단에는 밝은 조명 아래 세계 각국의 신자 대표들이 번갈아 가며 각기 자기 나라 말로 묵주기도를 올리고 있었다. 이윽고 우리말로 기도문을 낭송하는 소리가 마이크를 타고 온 광장 에 카랑카랑하게 울려 퍼졌다.

은총이 가득하신 마리아님 기뻐하소서
주님께서 함께 계시니 복 되도다.
저희 죄인을 위해 빌어주소서. 아멘.

▶프랑스 파리는 세계에 서 가장 잘 조성된 계획 도시로 정평이 나 있다. 시내 중앙의 개선문을 중심으로 도로가 사방으 로 뻗어 있다.

우리는 모두 촛불을 들고 조용하면서도 엄숙한 표정들을 하고 광장을 돌면서 제단에서 하는 선창에 맞추어 아베마리 아를 불렀다. 밤이 깊어갈수록 촛불행렬은 더욱 길어지고 넓 은 뜰은 그 늘어난 촛불만큼 밝아졌다. 그와 함께 기도문 외 우는 소리와 아베마리아를 부르는 소리는 더욱 간절해져 갔 다. 모두가 아베마리아를 향해 하나 되는 밤이었다. 스스로 불교신자라고 믿는 나마저 분위기에 취했는지 나도 모르게 아베마리아를 부르고 있었으니……

파리의 뒷골목에서 어린
이들이 한가롭고 놀고
있다.

   솔직하게 말하면 나는 전생에 내세, 또 윤회 같은 것에 대
해 반신반의하는 정도이다. 그런데 저들 내 주위의 순례자들
은 신의 존재를 확신하고 있지 않은가. 그뿐 아니라 성모 마
리아를 만나고 기적도 보았다고 하니 그토록 깊은 믿음을 가
지고 있는 그들에게서 한 가닥 부러움을 느낄 수 있었던 밤이
었다.

옥스퍼드의 저녁노을 / 영국 옥스퍼드

대영박물관은 런던의 블룸즈베리에 있는 세계적인 박물관으로 1753년에 설립되었다. 1,300만 여 점의 소장품 중에서는 대영제국시대에 약탈한 문화재도 적지 않다. 한국과 관련된 소장품은 250여 점으로 알려져 있다.

    성지 순례단에 끼어 여행한 지도 오늘로 근 스무 날이 되었다.

    영국의 늦가을 해는 일찍 진다는 것을 알고 있었기에 서둘러서 왔다. 그러나 옥스퍼드까지 오는 도중에 몇 군데를 들러서 오다보니 이곳에 도착한 것은 저녁노을이 서쪽 하늘을 아

옥스퍼드(Oxford)는 영국에서 가장 오래된 대학도시이다. 런던 북서쪽으로 1시간 30분 거리에 위치한 이곳은 중세 건축을 대표하는 900여 개의 대학과 부속건물들이 있다.

름답게 물들이고 있을 때였다. 우리 일행 중에 수녀님 한 분이 계셨는데 그 수녀님도 이곳에 와서는 저녁노을 탓인지 조금 상기되어 있는 듯했다.

　성당과 도서관은 시간이 늦어 이미 문을 닫았고, 단과대학

마다 높다랗게 붙여놓은 문장(紋章)도 어두워서 잘 보이지도
않았다. 어느 골목길에서 창문 너머로 기숙사의 좁은 방안을
엿볼 수 있는 것이 고작이었다. 수녀님은 한 건물 앞에서 저
지하에 가면 다방이 있다고 하면서 이 도시는 학생들이 많아

타워 브리지(Tower Bridge)는 영국 런던 시내를 흐르는 템즈강 위에 있는 다리로 런던 탑 근처에 있기 때문에 이런 이름이 붙었다. 1894년에 완성한 이 다리는 런던을 대표하는 상징물이다.

서인지 물건 값이 아주 싼 편이라고 덧붙였다.

완전히 어두워진 옥스퍼드를 뒤로하고 우리는 런던으로 가는 버스에 올랐다. 런던까지 가는 동안 앞자리에 앉은 수녀님이 마이크를 잡았다. 그리고 조용한 목소리로 지난날 이곳에서 있었던 이야기를 들려주기 시작했다.

그 수녀님은 십여 년 전에 이탈리아에서 교육학 박사학위를 받은 뒤 옥스퍼드에서 소정의 연수를 받고 있을 때였다. 어느 날 보니 책상 위에, '할 이야기가 있으니 시간을 좀 내어달라'는 글귀가 적힌 쪽지가 놓여 있었다. 그녀는 시간도 없거니와 수도자의 몸이라 함부로 나갈 수도 없었다. 그래도 매일 같은 메모가 책상 위에 놓여 있었는데 끝머리에 E. H라고 이니셜을 써넣은 것으로 보아 누가 보낸 것인지 대충 짐작이 갔다. 그 쪽지를 보낸 사람은 이 학교의 철학과 강사로서 정교수가 수업을 못할 때만 대신 강의를 해 주는 분이었다. 그

옥스퍼드는 유서 깊은 문화 도시이다. 메르톤 대학(Merton College)의 도서관은 영국에서 가장 오래된 도서관이다.

는 두어 달을 하루도 거르지 않고 쪽지를 보냈으나 교정에서 어쩌다 마주치면 쏘는 듯한 눈길만 줄뿐 말이 없었다.

그러던 어느 날, 수녀님은 지금은 일흔이 훨씬 넘은 그의 이모가 들려주던 이야기가 문득 떠올랐다는 것이었다.

옛날 수녀님의 이모가 여학교에 다닐 때였다. 학교가 끝나 집으로 돌아가면 대문 한구석에 편지 한 장이 끼어 있곤 했다. 그 편지에는

'바이올린 소리가 나는 곳으로 한번 와주세요.' 라는 짧은 글귀가 씌어 있었다. 그 편지를 쥐고 있는 손이 떨리고 누군가 보면 어쩌나 하고 당황한 나머지 얼른 그 편지를 없애버리고 아무 일도 없었던 것처럼 집안으로 들어가 버렸다.

그러나 날마다 같은 일이 되풀이되었다. 이모가 돌아오는 길모퉁이 이층집 창가에서는 언제나 애절한 곡조의 바이올린 소리가 들려왔다. 이모는 끝내 가지 않았다. 거의 한 달 동안

코르퍼스 크리스티 대학은 전통적인 신학 연구로 유명한 대학이다. 명저로 꼽히는 '성서의 역사'는 이 대학의 연구직 사서로 있던 크리스토퍼 드 하멜이 펴낸 책이다.

을 보내오던 편지라 어느 날부터 뚝 끊어졌다. 다행이라는 생각이 들면서도 한편으로는 시간이 흐를수록 무언가 불안해져 갔다.

며칠을 망설인 끝에 그 집으로 찾아가 보았다. 그 집 주인의 하는 말이 이층에 있던 그 학생은 폐병을 앓고 있었는데, 얼마 전에 그만 저 세상 사람이 되었다고 했다. 그것이 편지가 끊어진 바로 그날이었다.

이모는 칠십이 넘도록 지금껏 그 일을 가슴 아파하면서 살아왔다고 한다. 단 한번만이라도 그곳에 가보았더라면 한 젊은 생명을 살릴 수 있었을 텐데 하는 후회와 함께 자신의 지나친 오만과 이기적이었던 행동에 대해 평생을 속죄하는 마음으로 살고 있다고 했다. 그 이모의 이야기가 불현 듯 가슴에 와 닿았다는 것이다.

수녀님은 시간을 내어 그 청년을 만나보기로 했다. 학교 건물 지하 다방으로 갔더니 그날따라 학생들이 많이 모여 대화를 할 수가 없었다. 그는 어디 조용한 곳으로 가자고 했다. 조금만 가면 좋은 곳이 있다면서 차를 몰았다. 잠깐만 가면 된다고 했는데 어찌나 멀리까지 가는지 한 시간도 더 지나서야 오래된 성당을 만났다.

조용한 성당 안에 마주앉자마자 청년은 대뜸

"수녀님은 지금의 생활이 행복하세요?"하고 묻는 것이었다. 그렇다고 대답했더니

"지금의 수도생활을 후회해 본 적은 없어요?"라고 재차 물었다. 후회 안한다는 수녀님의 말을 듣고서야 아주 안심이 된다는 어조로 "그럼 됐어요. 무슨 일이 있어도 지금의 수도생활을 중단하지 말고 꼭 그 길을 가야 해요." 라며 거듭 당부했다.

이 말을 하고 싶어 그렇게 간절히 만나자고 했다는 것이었다.

그 청년은 어릴 때부터 어머니의 손을 잡고 성당을 자주 다녔다. 영국 여성인 어머니는 카르멜 수도원에 있던 수녀였다. 네덜란드인 아버지와 결혼한 이후로는 늘 후회 속에서 수도생활을 그리워하고 있다고 한다. 그는 수녀님이 자기 어머니와 같은 불행한 삶을 살지 않도록 진정으로 일러주고 싶었던 것인지도 모른다.

그로부터 몇 년이 지난 지금까지도 그 사람과는 편지 왕래도 하고 전화로 안부도 서로 묻곤 한다는데, 왜 이번에 옥스퍼드까지 와서 만나보지 않았는지, 우리들은 그것이 몹시 궁금했다. 수녀님은 오늘이 일요일이라서 그가 부모 집에 가고 없을 것 같아 통화도 안 했다고 했지만, 나는 안 만나고 온 것이 오히려 잘한 일인지도 모른다는 생각을 했다.

런던으로 돌아오는 차 속에서도 내 머릿속은 사려 깊은 그

영국의 대문호, 윌리엄 셰익스피어의 생가를 찾는 일은 쉽지 않았다. 런던에서 자동차로 2시간 거리에 있는 스트라포드 (Straford-Upon-Avon)라는 마을은 셰익스피어와 관련된 관광도시로 그가 태어난 집, 죽기 6년 전부터 지낸 집터와 묘지가 있다.

철학 교수 생각으로 가득 찼다. 몇 해 전 그 청년의 눈에 처음으로 비친 수녀님의 모습을 떠올려보았다. 수녀님은 산들바람에도 흔들릴 것 같은 청초한 온실 속의 꽃으로 보였고, 어쩌면 자기 어머니의 처녀 시절 모습이 겹쳐지면서 속세의 작은 유혹에도 쉽게 넘어갈 것만 같이 비춰졌을 것이다.

지켜주고 싶은 마음 밑바닥에서 진정으로 하고 싶었던 말은 무엇이었을까. 수도생활을 중단하지 말고 그 길을 꼭 가야만 한다는 말은 그의 머리에서 나와서 하는 소리이고, 진정 그의 가슴속에서는 얼마나 많은 갈등을 겪어야 했으며 정녕 두려워한 대답은 무엇이었을까.

그러나 그 청년은 해냈다. 자기 하나만의 사랑은 가슴 깊숙이 접어 둔 채 수녀님이 이 세상 많은 사람들에게 숭고하고 더 큰 사랑을 베풀기를 원했던 것이다. 언제나 흔들리지 않는 수도생활을 할 수 있도록 지금도 멀리서 지켜주고 있는 것 같았다. 런던에 도착하여 버스에서 내렸을 때는 짙게 깔린 밤안개만이 우리들을 기다리고 있었다.

폭풍의 언덕 / 영국 잉글랜드 하워즈

언제나 세찬 바람이 부는 하워스이지만 계절따라 아름다운 꽃이 핀다. 작품 속에서 '여기는 진짜 아름다운 시골이다'라고 시작하듯이 조용한 시골이고 거친 바람이 분다.

어디에서 불어오는 바람인지 모르겠다. 한여름인데도 두꺼운 스웨터를 걸쳐야 할 만큼 차갑고 스산한 바람이 쉴 새 없이 불어왔다. 하늘에 덮인 구름도 느닷없이 비를 몰고 올 것만 같았다. 그러나 비가 자주 오는 것도 아니어서 땅은 메마르고 제대로 자란 나무 한 그루도 눈에 띄지 않았다. 거친 땅

하워스(Haworth)는 에밀리 브론테가 자라고 죽은 곳이다. 그의 소설 〈폭풍의 언덕〉은 잉글랜드 중부 요크셔 지방의 황량한 들판을 무대로 하고 있다. 지금도 인구가 6천 400명 밖에 안 되는 소도시이다. 전통 악기인 백 파이프를 연주하는 악사.

스코틀랜드는 영 연방국을 이루는 네 지방(스코틀랜드, 잉글랜드, 북아일랜드, 웨일스)가운데 하나이다. 그레이트브리튼 섬의 북쪽을 차지하며 남쪽으로는 잉글랜드와 마주하고 있다. 동쪽에는 북해에 닿아 있고 북쪽과 서쪽은 대서양의 세찬 바람이 사철 불어온다.

에서 그나마 뿌리를 내린 식물이라고는 히요스 뿐이었다. 황량한 들판과 언덕은 온통 보라색으로 뒤덮여 있었다. 명작 《폭풍의 언덕》의 고향에 들어온 것을 실감하는 날이었다. 런던에서 브론테 자매의 생가가 있는 하워즈까지는 서울에서 대구까지 가는 정도의 거리였다.

《폭풍의 언덕》의 작가 에밀리 브론테와《제인에어》의 작가 샤롯 브론테 등 그들 형제자매가 살았던 집은 기념관으로 바뀌어 있었다. 벽에 걸린 초상화는 마치 그들이 지금도 그곳에서 살고 있는 듯한 분위기를 자아내고 있었다. 여러 형제자매들의 자라나는 과정을 한눈에 볼 수 있게 꾸며 놓았고, 많은 유품과 함께 원고지와 편지들이 유달리 우리의 눈길을 끌었다.

브론테 자매가 즐겨 다녔다는 산책로를 따라 언덕길을 걸어갔다. 길 양편에는 털이 부스스한 양 몇 마리가 사람이 그리웠는지 맑은 눈망울로 우리를 바라보고 있었다. 한참을 올라가다 보니 언덕 위에 세운 푯말 하나가 보였다.《폭풍의 언

소설의 배경을 찾아 전 세계에서 연간 7만여 명이 황량한 이곳을 방문한다. 브론테 자매들이라고 불리는 샬롯의 〈제인 에어〉, 에밀리의 〈폭풍의 언덕〉, 앤의 〈와일드 펠의 세입자〉'가 불러들이는 명작의 순례자들이다.

덕》인 그들의 돌집까지는 3.1마일이라고 씌어 있었다. 작품 속의 무대를 바라보게 되었다는 반가운 마음에 단숨에 내쳐 달려가고 싶었다. 그러나 일행들은 왕복 두어 시간이 넘게 걸리는 거리여서 다녀오기는 무리라고 그냥 돌아가자고 했다.

아쉽고 설레는 마음을 쉽사리 떨치지 못하고 자꾸만 돌아보면서 내려오는 동안 나의 머릿속은 작품 속의 인물들로 가득 찼다. 그리고 오래된 돌집 창문은 지금이라도 떨어져 나갈 듯이 바람에 덜커덩거리고, 옆에 서 있는 큰 전나무 가지는 세차게 불어대는 바람에 허공을 휘젓듯 흔들어대고 있었다. 거센 바람의 울부짖음 속에서 그 집안에서 벌어졌던 수많은 사건들이 영화 속의 장면처럼 흘러갔다.

구부러진 나무는 바른 나무와 같이 자랄 수는 없을 것 같았다. 길거리에 버려진 사내아이를 그 돌집 주인이 데려와 길렀지만, 그 집 아들과는 서로 질시하고 다투다가 나중에는 무자비한 복수극이 벌어진다. 그 집에 들어와서 자란 히스클리프는 죽을 때까지 캐서린을 사랑하여 먼저 간 그녀의 무덤에 같이 묻히기만을 소원했다. 오랫동안의 긴 싸움과 방황에서 남는 것이 무엇이었던가. 황야에 묻힌 세 무덤이 있을 뿐이었다. 히스클리프, 캐서린, 그리고 그의 남편 에드거……

에밀리 브론테는 서른 살의 젊은 나이로 이 세상을 떠났다. 백육십 년 전에 쓴 소설을 아직도 세계 각국에서 많이 읽고 있는 것은 무슨 까닭일까.

브론테 자매는 어려운 가정과 자연환경에서 자랐다. 황량한 들판에는 늘 강풍이 몰아치고 비구름이 몰려와 느닷없이 눈보라가 휘몰아쳤다. 그러니 추운 지방에서 오들오들 떨기보다는 차라리 거센 폭풍우 속이나 눈보라 치는 벌판을 쏘다니는 것이 오히려 추위를 이기는데 도움이 되었는지 모른다. 황야에 사는 야생동물을 찾아다니기도 하고 많은 공상에 잠기기도 하면서 깊은 사색에 빠졌으리라. 혹독한 자연 환경에 적응하기 위해 스스로를 지킬 힘을 길렀고, 자기 자신을 다스릴 줄 아는 지혜와 용기를 배웠을 것이다.

그러기에 그는 작품 속에서 그렇게 강인하고 격렬한 성품의 인물들을 그려낼 수 있었을 것이다. 무섭도록 정열적으로 살다간 그들의 영혼이 우리들 가슴속 깊이 자리 잡은 때문인지도 모른다.

그녀는 자신의 작품 속에 등장하는 한 맺힌 여러 영혼들과 함께 눈보라 휘몰아치는 황야를 아직도 방황하고 있는 것일까. 폭풍의 언덕에 서면 아직도 멀고먼 어디에선가 슬픈 영혼들의 절규가 메아리치는 듯하다.

마르마라해와 에게해 / 터키 이스탄불

터키의 이스탄불에서 시작하여 에게해와 지중해 연안의 남부 해안지방을 둘러 중부지방과 아나토리아 고원에 있는 수도 앙카라까지 버스로 다녀왔다. 이스탄불은 흑해와 보스포러스해가 만나는 마르마라해를 끼고 있다. 보스포러스 해협은 유럽과 아시아를 날라놓고 있는데, 예로부터 상업과 무역의 중심지가 된 이곳에서는 비잔틴 시대에 세워진 성소피아 사원과 부루모스크 등 많은 유적들이 몇 천 년의 세월을 무색하게 할만큼 그대로 보존되어 있었다.

15세기 초부터 20세기 초까지 오스만 제국의 여러 왕들이 살았던 토카프 궁전은 현재 박물관으로

터키 북부는 건조한 산악지대를 품고 있다. 전통적으로 기축을 방목하는 유목민들이 양에게 물을 먹이고 있다.

바뀌었다. 오랫동안 동유럽에서부터 북아프리카까지 넓은 땅을 지배했던 당시에 누렸던 부귀와 영화를 짐작하게 하는 많은 유물들을 간직하고 있다. 무기를 비롯하여 생활용품이나 보석을 박은 장신구가 세계 어느 박물관보다 많았다. 찬란하고 아름다운 보석 앞에서는 발이 바닥에 붙어버린 것 같아 쉽게 자리를 떠날 수가 없었다.

세계에서 가장 아름답고 크다는 에메랄드가 세 개나 박혀 있고, 시계까지 붙여 놓은 토카프 단검을 비롯하여 온갖 보석을 빈틈없이 박아놓은 물병은 다이아몬드와 에메랄드와 루비의 투명한 것 같으면서 진한 초록과 붉은색으로 휘황찬란했다. 방마다 가득한 보석들을 둘러보면서 한참을 넋 나간 사람처럼 서 있었다. 그런데 보석이 보석 같지 않고 돌멩이나 유리 같다는 생각이 든 것은 이상한 일이었다. 너무 많은 재물에 파묻혀 있으면 그것이 귀한 줄 모른다는 말이 이와 같다는 생각이 들었다. 보석이란 귀하고 쉽게 가까이 할 수 없다는 것에 매력이 있는 것이 아닐까. 하기야 스푼 다이아로 알려진 86캐럿이 넘는 다이아몬드도 어느 어부의 그물에 걸린 것이었는데, 하찮은 돌멩이인줄 알고 그가 당장 필요한 스푼 세 개와 맞바꾸었다는 전설이 있는 것을 보

터키의 이스탄불은 실크
로드 무역의 중간 기착
지 역할을 담당해 왔다.
시내 곳곳에는 모슬렘식
고대 건축물이 즐비하
다.

면 보석과 돌멩이의 차이는 과연 무엇일까.

터키는 어느 나라보다도 오래된 유적지가 많아서 가는 곳
마다 살아있는 박물관 같다. 트로이의 목마로 유명한 고대도
시 트로이가 그렇고, 파묵깔레에 아직도 남아있는 원형의 노
천극장이나 석조 건물들이 그러하거니와 카파토기아의 지하
도시는 또 얼마나 광활하고 깊게 파 들어갔던가. 나는 새삼
영원한 것은 아무 것도 없다는 생각을 하였다. 그러나 흥망성
쇠를 거듭하면서 황금의 금자탑을 세운 그들은 사라진지 오
래지만 제국이 남긴 유적과 예술만은 영원할 것이다.

터키에는 천일야화처럼 해도 해도 끝이 없는 많은 이야기

터키 산악마을 전경. 터키는 지중해를 끼고 있어 예로부터 동서 문화 교류의 중심역할을 해 왔다.

터키의 시골마을 연자방아. 소년이 두 마리의 소를 부려 밀을 빻고 있다.

들이 있다. 유적지에서도 기원 전 오천 년이니 삼천 년이니 하는 말이 보통이고, 고작 가까운 연대라 해도 삼백 년에서 오백 년 된 것들이다. 터키 여행을 하면서 상품가격에 쓰인

동그라미를 수없이 셈을 해야 하는 곤욕과 훈련을 겪어야 했는데, 나중에는 그들의 오래된 역사만큼이나 화폐단위도 동그라미가 많은 것이 일맥상통하는 것 같았다. 미화 1불이 터키 화폐로 28만 리라라고 하니 수박 겉핥기 하듯이 다녀온 나그네가 무엇을 알까마는 그들의 숫자에 대한 개념이 우리와는 좀 다르지 않았나 한다.

누군가 이번 터키여행이 어땠느냐고 물으면 나는 서슴지 않고 말하리라.

"말 말아라. 터키처럼 오래되고 찬란했던 문화가 세계 어느 곳에 있으며 지금까지 보존되어온 보물만 해도 어느 박물관보다 많을 것이라고…"

'에게해!' 영국의 런던탑에 있는 보석도 터키의 보석에 비하면 아무 것도 아니라고! 마르마르해와 에게해는 나의 기억 속에 바다 이름으로 오래도록 남을 것 같다.

카라반 사라이 / 터키 아나토리아

터키의 카파도키아
(Cappadocia)는 동서
양 문명의 교착점이자
실크로드의 길목이다.
뾰족한 자연석 첨봉 속
을 뚫어 지하도시를 조
성했다. 죽기 전에 꼭 봐
야 할 세계 100대 경관
중의 하나다.

터키의 중부 아나토리아 지방을 여행했다. 광활한 들판은
몇 시간 동안 버스를 타고 달려도 마을 하나 볼 수 없었고 사
람이라고는 그림자도 찾을 수 없었다. 온 천지는 누런색으로
덮여 있어 황량하기 짝이 없었다. 졸음이 오는 눈을 떠보았더
니 언제부터 나타났는지 끝이 안 보이게 넓은 목화밭이 펼쳐
져 있었다. 빈 들판만 보고 오다가 목화를 보니 반가웠다. 지

금 우리나라에서는 잘 볼 수 없는 것이기에 그 만남이 더 기뻤는지 모른다. 끝이 보이지 않는 이 넓은 목화밭을 누가 어떻게 농사를 지을까. 궁금증은 쉽게 풀렸다. 허름한 천막 두 채가 보였고 너저분한 가재도구와 바람에 날리는 옷가지들도 눈에 띄었다. 밭에서 목화를 따고 있는 스무 명 정도의 사람들을 만났는데 그들은 농사일을 찾아 떠돌아다니면서 살아가는 이곳

의 집시들이라고 했다. 아프리카나 스페인에서 만난 집시와는 좀 달랐다.

우리들도 차에서 내려 목화밭에 들어갔다. 목화송이를 만져보면서 혹시 아직 덜 여문 다래를 따먹을 수 있지 않을까 하고 찾아보았지만 아미 철이 늦은 탓인지 없었다. 어릴 때 따먹던 그달착지근한 맛을 아직도 잊지 못하고 있어서였다. 무심코 하늘을 보았다. 먼 하늘에는 은빛 잠자리 같은 비행기 한 대가 그저 그 자리에 정지되어 있는 것처럼 떠 있었고, 갑자기 삼라만상이 모두 그대로 멈추어 버린 것 같았다. 먼 곳에서는 민둥산의 연봉들이 회색과 갈색의 신비로운 조화를 이루면서 아득히 먼 지구의 가장자리에 테를 둘러놓은 것 같이 가물거렸다.

차는 또 쉬지 않고 달렸다. 어느덧 목화밭은 안 보이고 사막지대로 들어선 것 같았다. 넓은 사막에서 흙먼지를 일으키며 달려오는 낙타 무리를 만난 것만 같은 환상에 빠져 있을

기원전 1세기를 전후하여 실크로드가 열리면서 터키는 동서문화의 교역에서 중심 역할을 담당했다. 대상들은 낙타에 많은 짐을 싣고 사막을 횡단했다.

때였다. 느닷없이 차를 세워서 내리고 보니 거의 허물어져 버린 석조 건물 앞이었다. 남아있는 한쪽 벽과 넓게 자리 잡은 집터로 볼 때 제법 큰 건물이었다는 것을 짐작할 수 있었다. 이 집은 옛날에 사막의 상인들이 낙타와 함께 쉬었던 '카라반 사라이' 라고 안내원이 알려 주었다.

그들은 동서양의 무역이 한창 번창했을 때 낙타를 타고 다니면서 활약했던 대상들이다. 이스탄불에서부터 중부 아나톨리아를 거쳐 이집트와 인도, 중국을 잇는 실크로드를 통해 온

갖 상품을 실어 날랐다. 그들은 구리와 유리, 향신료와 황금, 상아뿐만 아니라, 비단, 종이 등 많은 물건들을 취급했으며 심지어 노예까지도 돈벌이의 대상이 되기도 했다. 숙소는 실크로드를 따라 자리 잡고 있었다. 하루 종일 낙타를 타고 사막을 달린 상인들이 해질녘에 이곳에 들어서면 주문도 하기 전에 도착할 사람 분의 식사가 미리 준비되어 있었다. 어떻게 꼭 맞게 준비를 했을까 하고 의아해 했지만 알고 보았더니 멀리서 낙타가 달려오면서 일으키는 먼지를 보고 사람 수를 헤아려서 마련해 놓은 것이었다.

이 숙박업은 상인들이 장사가 잘 될 때에는 제법 돈벌이가 잘 되는 업종이었고, 인심도 후한 편이어서 돈이 없는 사람에게는 사나흘은 숙식을 그저 제공했다고 하니 그 때의 훈훈했던 인심이 새삼 가슴을 따뜻하게 해 준다.

그러나 어쩌다 보면 이런 숙소를 못 만날 때도 있었을 것이다. 그 때는 별수 없이 노숙을 해야만 했다. 지치고 고달픈 몸을 땅에 누이고 하늘을 이불 삼아 밤을 보내야 했던 그들을 떠올리니 문득 '사막의 한'이라는 노랫말이 떠올랐다.

터키는 피혁, 섬유공업
이 발달한 나라다. 전통
적으로 짠 카펫을 세탁
하여 말리고 있다.

　　자고 나도 사막의 길, 꿈속에도 사막의 길
　　사막은 영원의 길, 고달픈 나그네 길
　　낙타 등에 꿈을 싣고 사막을 걸어가는
　　황혼의 지평선에 석양도 애닯구나

　어머니는 재봉틀을 돌리거나 인두를 꽂아 놓은 화롯불 옆
에서 이 노래를 자주 부르셨다. 집 밖으로는 별로 나갈 일이
없었던 어머니는 얼마나 답답하셨을까. 책에서나 만나볼 수
있는 바깥세상을 오직 상상과 환상으로 사셨던 어머니는 사
막에 대한 그리움을 노래로 부르며 마음을 달래신 것 같다.
　나를 가장 먼저 사막에 대한 환상의 세계로 이끌어 주신 분
도 어머니였다. 사막은 어떻게 생겼을까 끝없는 지평선은 얼
마나 멀고 아득할까 하고 나도 모르게 사막에 대한 그리움을

가지게 되었을 때였다. 달 밝은 사막의 길을 왕자와 공주가 낙타를 타고 가는 그림책을 보았다. 왕자가 타고 가는 낙타의 안장은 금으로 되어 있었고, 공주가 탄 낙타의 안장은 은으로 되어 있었다. 나는 어느 사이 공주가 되어 낙타를 타고 사막을 가는 꿈을 꾸기도 했다.

황혼 탓이었을까. 허물어져 가는 이 카라반 사라이 앞에 서 있으니 오래 전에 돌아가신 어머니가 바로 내 옆에 계시는 것만 같았다. 생전에 그렇게도 동경하시던 사막 한 복판에⋯⋯. 어쩌면 어머니는 전생에 이미 이런 곳에서 사셨는지 모르겠고 돌아가신 후에도 바람처럼 사막을 스쳐 지나가셨는지도 모른다.

내가 아주 어렸을 때는 사흘 만에 한 번씩 신문이 배달되는 시골에서 살았다. 그 때 어머니는 신문에 연재되던 소설 〈상록수〉에 푹 빠져서 신문 오기를 그렇게 간절히 기다리며 사셨다는 데, 지금의 내가 소설을 좋아하고 여행을 좋아하는 이 모든 것이 어머니의 피내림이 아니었을까.

나는 지금도 세계지도를 옆에 놓고 보는 것이 내 삶의 일부처럼 되어 버렸다. 십여 년에 걸쳐 많은 곳을 다녀보았지만 아직도 못 가본 미지의 세계가 늘 나를 손짓하고 있어 가슴 설렌다. 우주 정거장에 가는 꿈을 꾸고, 황홀한 신기루에 홀려 언제나 떠나고 싶어 한다. 아무리 감로수를 마셔도 풀리지 않는 목마름처럼 이 역마살은 좀처럼 그칠 줄을 모른다. 나는 영원한 나그네인가보다.

제2부

네팔

안나푸르나의 일출(日出)
/ 네팔 카트만두

네팔은 세계의 지붕이라
하는 에베레스트산 기슭
에 있는 나라이다. 만년
설에 뒤덮인 연봉을 배
경으로 상록성 철쭉이
활짝 피었다.

　　불교 성지 순례길에 인도와 네팔을 다녀왔다. 네팔의 수도
카트만두는 이번 여정의 마지막 기착지이다. 부처님의 탄생
지인 룸비니를 참배하고 포카라 시(市)의 변두리에 있는 페와
(Fewa) 호에 들렀다. 넓은 호수에는 흰 눈에 덮인 에베레스
트의 연봉을 배경으로 한 안나푸르나의 웅장한 자태가 오롯
이 담겨있었다.

수웸부낫 사원은 제법 큰 규모였는데 돌계단이 유난히 많
았다. 똑 같은 털 색깔에 비슷비슷한 모습을 한 수백 마리의
원숭이들이 그 돌계단을 오르내리며 마치 자신들의 왕국처럼
즐기는 모습이 무척이나 평화롭고 당당해 보였다.

숙소로 가는 길에 좀처럼 보기 힘든 구경거리를 만났다. 수
십 마리의 코끼리들이 등에 군악대원들을 태운 채 음악에 맞
추어 행진하고 있었는데 그 큰 몸집에도 걸음짓의 박자가 틀
리지 않는 것이 신기했다. 코끼리 등에 올라탄 악사들도 신기
하긴 마찬가지였다. 지휘자도 없는 그들이 제각기 다른 악기
들을 연주하면서 전체적인 음의 조화를 이루고 있었으니까.
가만히 보고 있다 보니 코끼리의 행진이 주역인지 악사들의
연주가 주역인지 헷갈렸다.

다음날은 드디어 대망의 안나푸르나 일출을 보러 가는 길
이다. 어제 페와 호에서 본 그 에베레스트의 연봉과 사진으로
만 보아오던 안나푸르나의 일출을 보게 된다고 생각하니 잠
이 오지 않았다. 낮에 호수에서 바라보았던 광경이 계속 머리

불교 사원 내부. 불상에
화려한 비단 의복을 입
혀 장식한다.

속을 맴돌고 있었으니 잠이 오지 않는 것도 어찌 보면 당연했
다.

　새벽을 뚫고 떠나는 차에 올랐다. 어둡고 구불구불한 산길
을 몇 시간을 달렸을까. 드디어 안나푸르나의 일출이 가장 아
름답게 보인다는 목적지에 도착했다. 그곳에는 이미 우리보
다 먼저 온 사람들로 북적거렸다. 저 마다 서로 다른 촬영 장
비를 갖춘 사람들로 가득했다. 그들은 언제 해가 솟아오를지
알고 있는 것 같았다.

우리는 눈앞에 펼쳐질 일출을 기다리며 잔뜩 기대에 부풀어 있는데 주변 여기저기에서 한숨소리가 들려왔다. 낭패였다. 안나푸르나의 그 선봉(仙峰) 주위에는 구름이 잔뜩 끼어 있었다. 기대에 부풀었던 사람들은 하늘만 원망스럽게 쳐다볼 뿐이었다.

하산준비를 하는 사람, 설치했던 촬영 장비를 거두는 사람들로 온 산이 웅성거렸다. 그런데 이것이 무슨 행운인가. 정말 한 순간이었다. 그렇게 원망스럽던 검은 구름이 갑자기 걷히더니 안나푸르나의 두 봉우리 사이로 지금 막 용광로에서 튀어 나온듯한 붉은 해가 불끈 솟아오르는 게 아닌가. 모두들 정신을 잃을 뻔했다. 그러나 그 황홀한 순간은 잠깐이었다. 다시 시커먼 구름이 온산을 뒤덮고 말았다.

산을 내려오면서 못내 아쉬움을 떨쳐버릴 수 없었다. 그러나 생각을 잠시 바꾸어보았다. 그 일출이 짧았기에 더 큰 감동과 여운을 주지 않았을까.

안나푸르나는 정녕 신이 내린 영산이었다. 언젠가 안나푸르나를 다시 찾아가 그날의 벅찬 감회를 느끼고 싶지만 그것은 이루지 못할 염원에 지나지 않는다는 사실을 잘 알고 있다.

어느 저명한 사진작가가 몇 달을 애써 찍었다는 사진 두 장을 사왔다. 한 장은 안방에, 또 한 장은 거실에 걸어놓고 어느 그림보다 사랑하며 아끼고 있다. 살다가 힘든 시간들이 있어도 그날의 벅찬 감회를 떠올리는 순간 물거품처럼 스러지게 만드는 마력이 있기 때문이다.

인도

영취산의 하늘 / 인도 파트나

넓은 평야가 주를 이루는 북인도이지만 부처님이 법화경을 설법하신 영취산은 산악지형이다. 겹겹의 산이 둘러 싼 중앙에 영취산이 우뚝하고 정상은 독수리 형상의 큰 암봉을 이루고 있다.

　새벽안개 속을 달린 버스는 우리들을 영취산 입구에서 내려놓았다. 군복에 총까지 어깨에 맨 장정들이 우리를 안내했다. 정상까지는 600미터가 조금 넘는다는데 경사가 완만하고 잘 정돈된 길은 쉽게 올라 갈 수 있었다.

　반시간 넘게 올라가니 어느새 안개도 걷히고 녹음이 우거진 산의 모습도 드러났다. 산에는 바위가 많았는데 어느 한

봉우리는 정말 독수리를 닮았다. 그래서 부쳐진 이름이 영취산이던가. 2500여년 전 이곳에 왔던 빔비사라 국왕이 영취산 정상에 계시는 부처님을 친견하기 위해 수레에서 내려 걸어서 올라 갔다하여 붙여진 이름이 "빔비사라의 길"이다. 이 길을 걸어 올라가면 우리도 부처님을 친견할 수 있을 것 같은 환상에 빠져 보기도 한다.

영취산은 부처님이 성도(成道)하신 이후, 50여 년 동안 머문 날이 많았으며 널리 묘법을 설법하신 곳.《법화경》,《대집경》등 대승 경전에 속하는 많은 경전들을 설하셨다. 부처님의 숨결을 느껴 보고 싶어 부처님의 발자취를 따라 우리는 이곳에 온 것이다.

나란다와 13킬로미터 정도의 거리이다. 죽림정사에서 여름 안거를 보낸 부처님은 이곳 영취산에서 또 다시 우기 석 달을 보내면서 설법하셨다. 이제 열반의 때가 가까워진 것을 알고 열반의 노정에 앞서 마지막 가르침을 남기고자 하셨다. 이곳

영취산을 오르는 곳에서 만난 고행자들이 그늘에서 쉬고 있다. 그들은 평생 옷을 입지 않고 집이 없으며 하루에 한 끼의 식사를 하면서 엄격한 자기 수행을 실천한다.

물을 길어 가는 시골 어린이.

에서 설한 부처님의 가르침은 전 생애의 핵심과 골수라 할 수 있다.

우리들은 영취산 산정정사에 있는 향실(香室)터에 앉았다. 앞서 다녀간 사람들이 켜 놓은 타다 남은 초가 많았고, 향을 사른 흔적도 어수선했다. 우리들은 정성껏 향을 피우고 모두 정좌했다. 삼라만상이 정지한 듯 천지가 고요했다. 모두가 소리를 맞추어 〈바라밀다심경〉을 독송하니 안개가 걷힌 사방으로 멀리멀리 울려 퍼졌다.

현봉 스님은 가사장삼을 걸치고 서셨다. 부처님이 이곳에서 설하신 인연법에 대해 스님이 설명하셨다. 고개를 들어 하늘을 보니 법문하시는 스님의 뒤에는 구름 한 점 없는 파란

갠지스 강에서 빨래하는
사람들.

하늘이 펼쳐지고 어디에서 왔는지 모를 신비한 빛이 후광처럼 스님을 비쳐주고 있었다. 우리들은 2500여 년 전의 세월 속에 앉아 부처님의 설법을 듣고 있는 것 같은 환상에 빠져들었다. 시공을 넘어 부처님의 간절하신 설법이 우리들의 귀에 쟁쟁하다. 부처님의 진정한 인연법의 진리는 우리를 얼마나 사람다운 사랑의 길로 인도해 주시려나.

　많은 불자들이 가슴 가득 감사의 마음을 안고 영취산의 비탈길을 내려오는데 발자국마다 먼 옛날 부처님의 말씀이 메아리치고 있었다.

수닷타의 신심어린 기원정사
/ 인도 사헤르

눈알이 없는 죄인들을 불쌍하게 여긴 부처님이 다시 볼 수 있게 해주자 그들이 버린 지팡이가 살아나 득안림(得眼林)을 이루게 되었다. 죄인들은 모두 참회하여 성불했다는 불교 유적이다.

부처님이 그의 45년 교화기간 중 무려 24회의 우안거(雨安居)를 지내면서 가장 오래 머물렀던 곳이 기원정사(祇園精舍)다. 오늘날 불교도들이 독송하는 수많은 경전도 주로 이곳

득안림.

에서 설해졌다. 그 당시 갠지스강 남쪽에는 왕사성을 도읍지
로 한 마가다가, 서북쪽에는 슈라바스티를 서울로 한 코살라
가 각각 세력을 떨치고 있었다. 현재 사헤트라고 불리는 곳이
기원정사의 유적지이고 마헤트가 사위성의 터다. 그곳을 가
기 위해 우리는 아침 안개 자욱한 숙소를 빠져나왔다.

　기원정사는 불교 교단에서 최초로 이루어진 왕사성의 죽림
정사와 함께 2대 정사로 그 이름이 널리 알려져 있었다.

　신심 깊고 베풀기를 좋아하는 수닷타가 부처님과 그 제자
들이 머물 승원을 세우기 위해 땅을 물색하던 중 왕세자의 소
유인 이 동산이 마음에 들어 승원을 지을 수 있게 이 땅을 양
도해 줄 것을 간청했다. 그러나 왕세자는 몇 번을 거절한 끝
에 장난삼아

　"당신이 동산 가득히 황금을 깔아 놓고 다닌다면 몰라도 그
러기 전에는 절대로 양도할 수 없소." 라고 했다. 이 말을 듣

기원정사(祇園精舍)는
인도 사위성(舍衛城) 남
쪽 1.6킬로미터 지점에
있는 불교사원 유적이
다. 부처님의 45년간 수
행과 전도 기간 중에서
가장 오래 머물렀던 곳
이다. 7층의 가람이 있
었을 만큼 웅대한 규모
를 자랑했으나 당나라
때 현장(玄奘)이 이곳에
들렀을 때는 이미 황폐
해진 뒤였다.

고 수닷타는 황금을 여러 대의 수레에 가득 싣고 와서 동산에 깔기 시작했다. 수닷타의 깊은 신심에 감동한 태자는 마침내 그의 청을 들어 주었고 그곳에 지은 것이 오늘까지 남아 있는 기원정사이다.

내 나이 열일곱 살쯤 되었을 때라고 기억된다. 새벽 찬바람과 함께 들려오는 아버지의 독경소리는 힘차고도 엄숙하셨다. '여시아문일시불(如是我聞一時佛)'로 시작되는 불경이었는데 그때 내 나이에는 '여시(여우)여시불여시'라는 말로만 들렸던 것이다. 그 불경의 뜻도 모르면서도 엄숙하고 신비로운 분위기는 내 평생 영혼에 깃들어 왔었다. 그때 들었던 경이 불경 중 가장 으뜸이라고 알려진 〈금강경〉일 줄이야 어찌 꿈엔들 상상이나 했던 일이던가. 어린 우리들은 사금파리를 주워 솥을 걸고 사발을 삼았으며 모래를 퍼서 밥을 짓고 나뭇잎을 따 국을 끓였다. 또 돌을 주워 아궁이를 만들고 "솥대 붓

부처님의 입적지 쿠시나가르는 불교의 4대 영지(靈地)에 속한다. 인근에 룸비니 동산이 있다.

대 여시여시 부여시" 하면서 소꿉놀이를 즐겼다. 그때부터 나도 모르게 금강경의 실마리를 잡고 있었던 것은 아니었을까.

기원정사에는 옛날부터 많은 스님들이 살았으나, 현장이 방문했을 때에만 해도 동쪽문 좌우에는 칠십여 척이나 되는 돌기둥이 있었고 전단향으로 조성한 불상을 모신 한 채의 벽돌집 외에는 주춧돌만 남아 있었다고 기록하고 있다. 그로부터 다시 일천 삼백 육십 년이 지난 지금 황폐해질 대로 황폐한 기원정사를 찾은 우리들의 눈에는 높다란 돌기둥도 부처님을 모신 향실도, 맑은 시냇물도 없고 다만 벽돌로 쌓은 집터의 주춧돌만 남아 있어 덧없는 세월의 허무감을 안겨줄 뿐이었다.

드넓은 유적 중앙 후면에 부처님이 거처했던 간다쿠티의 터라고 게시된 향전(香殿) 터가 있었다. 우리들은 그곳에 앉았다. 향을 피우고 삼배를 드린 후 금강경을 독송했다.

부처님이 설법하신 바로 그 현장에서 금강경을 독송하니 깊은 감흥에 빠졌다. 지금까지 전해진 불교 경전의 칠팔할이 바로 이곳에서 설해진 것으로 알려지고 있다. 어릴 때부터 새벽 찬바람과 함께 스쳐가던 "여시아문일시불"의 신비스럽던 금강경을 바로 부처님이 설하시던 이 자리에서 오늘 내가 그 경을 독송하고 있으니 내 생애에서 가장 잊을 수 없고 감격스런 날이 된 것 같았다. 우리들은 금강경의 제 이십사 복지무비분(福智無比分)의 백천만억분(百千萬億分)과 내지산부비유(乃至算數譬喩)로 소불능급(所不能及)을 독송하는 것을 끝으로 그 자리에서 합장하고 앉았다.

구름 한 점 없는 푸른 하늘에서는 따스한 햇빛이 비쳐 왔다. 기원 정사 둘레에는 숲이 우거져 있고 어디선가 새소리도

들릴 것만 같았다. 산들 바람이 우리들의 어깨를 어루만져 주었다.

천지가 고요하고 그 옛날의 부처님이 다시 살아오실 것만 같았다. 눈을 감고 합장하고 앉았으니 이 세상의 모든 평화와 안정이 다 내게로 몰려오고 있었다. 잔잔한 행복이 가슴 가득히 차오르고 그저 언제까지나 그곳 땅바닥에 퍼질러 앉아 있고 싶은 마음뿐이었다.

2500년의 세월도 왔다 갔다 하면서 현재와 과거도 분간이 안 간다. 체면에 걸린 사람처럼 허우적거리며 밖으로 나오려는데 커다란 보리수가 나뭇가지끼리 바람에 흔들리면서 내는 소리가 지난 세월을 아쉬워하고 있었다.

안개 속의 인도 여행 / 인도 아그라

찬델라(Chandella) 왕조 때 건립한 사원으로 성적 합일을 이루는 과정에서 남자는 요가를 하듯 물구나무를 서고 여인은 다른 여인의 부축을 받는 등 수많은 체위의 형상을 조각해 놓았다.

　이번의 인도여행은 안개 속에서 시작되어 안개 속에서 끝이 났다. 송광사 주지 스님이신 현봉 스님은 개인 사정이 있어 우리 일행보다 며칠 늦게 합류하셨다. 한치 앞도 바라볼 수 없는 아그라역에 내려 보니 자욱한 안개 속에서 나타나신 현봉 스님은 꽃목걸이와 흑장미 한 송이씩을 모두에게 건네주셨다. 그 동안 지칠 대로 지친 심신의 피로를 한꺼번에 날려 보내주시는 감동의 순간이었다.

가이드는 인도 여행에서는 식사시간이나 숙소로 들어오는 시간을 묻지 말아 달라고 당부했다. 처음에는 그 말이 너무나 무책임한 소리로 들렸다. 그러나 며칠을 다녀보니 그 말의 뜻이 조금씩 이해가 되기 시작했다.

항상 아침 출발시간은 정해진 시간대로이지만 출발해보면 버스는 어김없이 짙은 안개 속을 가야만 했

이 조각상은 찬델라 왕조의 부흥기와 비슷한 8세기에서 12세기까지 성행한 탄트리즘(tantrism)의 영향을 받은 것으로 보고 있다. 탄트리즘의 근본적인 개념인 탄트라(tantra)로 '넓힌다'는 뜻이다. '지식을 익히고 자손을 번창하게'라는 뜻에 기원을 두고 있다.

다. 달리는 것이 아니라 슬슬 기어가는 꼴이다. 헤드라이트 불빛만을 의지해서 가야하니 속력이라고는 엄두도 못 낸다. 길이라도 좋으면 또 어떨지…… 여기 저기 움푹움푹 파인 곳을 피해가다 보면 버스는 춤을 추고 우리도 따라 춤을 춘다.

인도의 안개는 지금 이 계절(1월 ~ 2월)이 제일 심한 편인데, 아침저녁의 기온 차이가 심해서 생기는 자연 현상이니 어쩔 수 없단다. 이런 상황이다 보니 기차 사정도 예외일 수 없다. 출발 시간도 도착 시간도 믿을 수가 없다. 여섯 시간 걸린다는 곳도 두 세 시간 더 걸리는 것은 예사이고, 여덟 시간이면 도착한다던 아그라에서 바라나시까지는 열다섯 시간이 걸렸으니, 그 유명한 갠지스 강의 일출도 보지 못해 안타까웠

줄배 타고 떠난 세계여행

다. 일출을 못 본 대가로 갠지스 강의 일몰 풍경을 보러 갔다. 어두운 갠지스강에 배를 띄우고 모두들 연꽃처럼 된 촛불 하나씩을 강물에 띄워 보내며 제각기 소원을 빌었다. 때마침 열린 횃불 쇼는 갠지스강가에서 신에게 올리는 축제였다. 횃불 쇼를 본 것을 보너스라고 위로해야 했다.

예정된 시간대로 숙소에 들어가지 못하고, 새벽 4시에나 들어갔을 때에는 아무리 좋은 호텔이라도 그 편안한 침대에 누워보지도 못한 채 아침 일찍 출발을 해야 되는 경우도 있었다. 제 시간에 식사를 하기도 어렵거니와 끼니를 거른 적도 있다 보니 모두들 아침에 호텔에서 나올 때는 비상식량으로 빵이나 과일 등을 챙겨 나오는 것이 버릇처럼 되어 갔다.

카주라호의 힌두 유적지 순례를 마치고 아그라로 가는 고속 열차를 타기 위해 잔시역 앞에 도착했다. 기차 출발 시간에 늦지 않으려고 애를 써서 역에 와 보니 기차가 한 시간이나 연발이라고 알려 왔다. 인도의 어느 역으로 가나 지린내를 비롯하여 온갖 악취로 머리가 아플 지경인 기차 대합실보다는 버스 안에서 기다리는 것이 먼지도 안 마시고 좋겠다고 해서 모두 차안에서 앉아 기다리기로 했다.

버스 밖에서는 인도 어디에서나 볼 수 있는 거지들의 구걸이 한창이다. 서너 살짜리 아이가 가냘픈 엄마 팔에 안긴 채 고사리 같은 손을 내밀며 애걸하는 눈빛에 가슴이 저려 왔다. 그 옆의 무리들은 여남은 살 되는 여자아이와 남자아이들이 계속해서 저희들의 세 손가락을 입에 갔다 대면서 배고프다고 먹을 것을 달라고 한다.

차안에 있는 우리들은 모두들 비상식량으로 가지고 온 것들을 창밖으로 보냈다. 되도록 골고루 나누어주려고 애썼지

인도의 아그라 지방을 유명하게 만든 것으로는 타지마할을 뺄 수 없다. 죽은 왕비를 기억하기 위해 무굴제국의 샤자한 왕은 모슬렘 건축을 구상하여 이처럼 우아한 건축물을 완공했다.

인도의 카주라호 (Khajuraho)에 있는 힌두교 사원 락슈마나 (Lakshmana)는 벽면이 온통 남녀의 성행위를 표현한 미투나 조각들로 뒤덮여 있다. 성을 통해 태어나고 성을 통해 세상에 평화를 가져온다는 신앙에서 이러한 예술을 탄생시켰다.

만 힘센 놈의 호주머니와 보따리만 점점 불러 갔다. 차에서 기다리는 시간이 길어질수록 어디에서 그렇게 몰려오는지, 그들의 수는 점점 더 많아지고 주어도주어도 끈질기게 달라고 내미는 손을 감당하기가 힘들어졌다.

한 시간을 기다렸는데 또 다시 앞으로 한 시간을 더 기다려야 한다고 알려 왔다. 시간이 갈수록 그들은 힘이 솟아나고 춤까지 추어가며 신이 났고, 줄 것이 없어지니 한국에서 가져간 비상식량까지 주게 된 우리들은 점점 힘이 빠져 갔다. 그러다 보니 그들보다 배고픈 것은 오히려 우리 쪽이었다. 동정심과 인내심의 한계는 과연 어디까지인가……

인도는 아직도 웅대하고 화려한 유적지가 많다. 그러나 위대한 역사의 그늘에는 가난한 사람들이 너무나 많다. 그리고 황폐해져버린 유적지만큼이나 그들의 삶은 더 초라하다. 우리들 일행 중에는 비구니 스님들이 몇 분 계셨다. 인정 많은 스님들의 동정 어린 눈길을 놓칠세라 삭발하신 스님들에게 그들은 두 손으로 머리를 긁적거리는 시늉을 하면서 끈질기게 샴푸를 내 놓으라는 것이었다. 아! 이것이 인도 여행이었던가……

나란다 대학의 숨결 / 인도 라지기르

부처님을 친견하러 온
빔비사라왕이 가마에서
내려 일반 대중과 같이
이곳까지 걸어 왔다. 부
처님이 마하가섭에게 연
꽃을 들어서 설법을 했
던 곳이기도 하다.

작년 봄에 다녀온 실크로드 여행에서 중국 투루판의 고창
고성(高昌故城) 유적지에서 바라본 화염산은 나도 모르게 소
설《서유기》의 무대를 떠올리게 했었다. 당나라의 현장(玄奘)
이 실크로드의 천산남로(天山南路)를 타고 천축까지 간 그 여
정이 늘 궁금했던 것이다.

　　올해 2월에 다녀온 불교 성지순례에서는 석가의 탄생지인
네팔의 룸비니, 기원정사(祇園精舍)로 유명한 쉬라바스티, 열
반의 땅 쿠시나가르, 초전법륜지인 사르나트 녹야원(鹿野苑),
성도(成道)의 성지 부다가야를 들러 힘들게 찾아온 곳이 바로
이 나란다 대학이다.

　　나란다 대학에 도착하고 보니 현장삼장이 걸어온 길과 같
은 루트를 타고 온 것을 알았다. 현장이 그토록 먼 길을 걸어
온 최종의 목적지가 바로 이 나란다 대학이 아니었던가.

　　나란다 대학은 인도의 동북 지방인 라지기르에 있다. 동쪽
으로는 방글라데시와 국경을 맞대고 있고, 영취산과 죽림정

나란다 대학은 부처님의
가르침에 귀의한 상인들
의 보시를 바탕으로 건
립돼 불교사상을 완성시
킨 곳이다. 5세기에 10
대 제자 중 한 명인 사리
불의 고향 이곳 나란다
에 건립된 불교대학으로
7세기에 당나라 현장스
님도 이곳을 방문하고
기록으로 남겼다.

인도 비하르주에 위치한 나란다 대학터이다. 한 때 100개의 강의실에 1만 명의 스님들이 머물렀던 세계 최초의 대학으로 12세기 이슬람 교도에 의해 파괴돼 현재 유적만 남아있다.

사와도 그리 멀지 않았다. 이곳은 기원 후 150년경부터 반야 사상을 확산시키면서 대승불교 중심지가 되었고 세계에서 가장 처음으로 세운 대학으로도 유명하다.

학교 면적은 길이가 10여 킬로미터, 폭 5킬로미터가 넘었으니 그 당시의 불교 역사가 얼마나 장엄했나를 말해주고 있다. 가장 흥성했을 때는 공부하는 스님이 3천 명을 넘었다고 하니 이곳에서 얼마나 많은 불교경전의 역사가 꽃피었는가를 짐작할 수 있을 것 같다.

현장이 중국을 떠나오던 해에 나란다 대학에서는 이미 100살이 넘은 실라바드라(戒賢)라고 하는 큰스님이 중병에 걸려

죽을 지경에 이르렀다. 그때 그의 꿈에 미륵보살이 나타나

'3년 후에 동방에서 한 젊은 구도승이 찾아올 것이니 그대의 불법 유식학(唯識學)을 전하기까지 살아남도록 하라.'고 선몽을 했고 곧 병이 나았다.

637년 현장이 이곳을 찾았을 때 실라바드라는 현몽 받은 바로 그 구도승임을 알아차리고 10년 동안 모든 불경을 전수해 주었다. 현장은 수많은 불경을 중국으로 가져가 번역하는 데 19년이 더 걸렸다고 하니 그가 동방의 불고 전파에 남긴 위업은 《대당서역기》와 함께 지금까지도 찬란하게 빛나고 있다.

나란다 대학의 승방터. 수천 명의 스님들이 모여 예불을 올리고, 경전을 논했을 공간이 한낱 관광지로 전락하고 말았지만 어느 스님이 거주했던 승방터는 아직도 당시의 규모를 짐작하게 한다.

현장이 이곳을 떠난 뒤에도 11명의 중국과 신라 스님들이 이곳에 머물면서 불교의 율론(律論)을 익히고 불경을 베껴 썼다. 신라의 아리야발마(阿離耶跋摩) 스님은 나란다에서 70여 세에 돌아가시고 혜엽(慧葉) 스님도 60세에 이곳에서 세상을 뜨고 말았다. 고국으로 돌아가려고 했지만 뜻을 이루지 못한 채 동쪽 끝인 신라에서 서쪽 끝인 인도까지 갔다가 나란다에서 생을 마쳤다. 애석하지만 스님이 베껴 썼던 범어 책은 모두 이곳 나란다 절에 보관되어 있으니 사람은 가도 업적은 남은 셈이다.

나란다 대학의 승려들은 마을의 농장에서 세금으로 바치는 공양을 받음으로써 탁발하지 않아도 스스로 공부에 전념할 수 있었다. 인도에서는 예로부터 가람은 많아도 나란다 대학처럼 장려하고 숭고한 곳은 없다고 칭송하고 있다.

그러나 우리가 이곳을 찾았을 때는 그 거대했던 학교는 폐허 속에 간 데 없고, 불교학의 발달사에 찬연히 이름을 남긴 사람들의 숨결만이 바람에 실려 오는 것만 같았다.

망가지고 무너진 유적지 속에서도 겨우 살아남은 근본향전 (根本香殿)이라는 사원이 깊숙한 곳에 자리하고 있었다. 높이 30미터가 넘는 장엄한 규모인데 그 사원의 외벽에는 아직도 아름다운 그림과 불경들이 뚜렷하게 남아있어 허전했던 우리들의 마음을 달래주었다.

　벽돌로 된 집터만 끝이 보이지 않을 만큼 펼쳐진 사이를 이리저리 둘러보았다. 부처께서도 여러 곳을 여행하시다가 이곳 파라리카의 망고나무 동산에서 머물렀던 일도 있었다고 들었다. 어디선가 부처님의 숨결이 느껴지기도 했다. 10년이나 이곳에서 경전을 수학했던 현장이 자리한 곳은 이디쯤일까. 많은 스님들의 독경소리도 들리는 것 같았다.

　유적에 둘러 싸여있으니 기나긴 시간의 흐름 속에 몸을 맡겨놓은 것 같다. 1300여 년 전의 일이 자꾸만 어른거린다. 중국의 투루판에서 실크로드의 천산남로를 향한 현장은 화염산을 넘어 아기니국(阿耆尼國)에서 쉬고 쿠차에 들어갔다. 그곳에서 60일간을 머물면서 천산산맥의 눈이 녹기를 기다리다가 다음 목적지 파미얀으로 떠났다. 《대당서역기》에서는 파미르를 묘사한 시도 남아있다.

　파미얀에서 보름을 지내고 중국 서쪽 끝에 있는 도시 카슈카르와 단다라를 거쳐 드디어 중인도로 들어갔다. 현장은 그동안 얼마나 멀고 험한 길을 달려왔던가. 한 고개를 넘으면 꼬불꼬불한 계곡 길. 숨이 턱에 닿는 듯한 고갯길. 가도 가도 끝이 없는 황톳빛 사막의 목마름.

　하늘에는 나는 새도 없고 땅에는 달리는 짐승도 없으며, 물도 풀도 없는 황량한 죽음의 사막, 모래 바람 속을 오로지 진정한 불법을 구하기 위해 목숨을 걸고 달려간 최대의 목적지

인도의 축제일을 맞아 코끼리 퍼레이드에 참가했다.

가 나란다 대학이었다.

나는 가슴이 뛰었다. 그동안 미처 다 끼워 맞추지 못해 비워놓은 퍼즐의 빈 칸 하나하나를 보석을 박듯이 완벽하게 메워 놓은 듯한 환희에 떨었다. 유구한 시간의 흐름이 새겨진 실크로드의 대지에서 먼 옛날을 살다간 사람들의 삶의 역사적 드라마가 눈앞에 아른거리면서 마음을 흔들어 놓았다. 자연과 유적이 하나가 되는 풍경. 그 역사의 실마리를 스스로의 체험과 우연한 만남에 감동하고 있다.

실크로드의 역사는 위대하다. 그것은 황량하고 척박한 자연과 싸우면서 어렵과 험난한 장애를 끝없이 타고 넘겠다는 강인한 마음을 지닌 사람들만이 그 길을 오고 간 때문이 아닐까?

캄보디아

바이온의 영원한 미소 / 캄보디아 씨엠립

　캄보디아의 수도 프놈펜에서 씨엠립까지 가는 비행기는 쌍발 프로펠러기였다. 국내선 공항에는 탑승객보다 공항직원이 더 많아 보였다. 무척 더운 날씨였지만 냉방장치라고는 선풍기 몇 대만 돌아가는 것이 고작이었다. 비행기 안이라고 다르지 않아서 무더운 공기에다 무엇인가 역겨운 냄새까지 심하

캄보디아는 수많은 불교와 흰두교 사원을 곳곳에 품고 있다. 고풍스러운 건물 위로 붉은 탑이 우뚝 솟았다.

캄보디아 바간에 있는 불교유적. 11~12세기에 건립한 석조건축물이다. 정글 속에 묻혀 있다가 20세기 서양 탐험대가 발견했다.

여 답답하고 견디기 힘들었다.

비행 도중 기체는 심하게 흔들렸고 엔진과 프로펠러 돌아가는 소리가 요란했다. 그러나 승무원들은 친절했다. 40여 분간의 비행 중에 그 좁은 통로를 오가며 물수건과 음료수, 카스테라 등을 나눠 주고 나중에는 사탕 두 개를 쥐어주기까지 하며 순박한 웃음을 보여 주었다.

도착한 비행장에는 승합차가 기다리고 있었고 우리는 반시간 남짓 달려 드디어 앙코르 유적지에 도착했다. 주로 크메르왕국의 전성기인 12세기에서 13세기에 걸쳐 축조된 앙코르 유적지는 크게 앙코르와트와 앙코르돔 두 곳으로 나눌 수 있다.

먼저 찾아간 곳은 앙크르돔에서 으뜸으로 꼽는 바이온 사원이다. 앙코르와트보다 100여 년 뒤에 지었으나 캄보디아의 1000리엘짜리 화폐에도 등장할 정도로 유명한 곳이다. 돌을 엇갈리게 쌓아서 51개의 높은 탑을 만들어 놓았는데 그 중 가장 높이 솟은 탑은 45미터나 된다. 언뜻 보아도 요즘의 12~3층 건물 높이쯤 된다. 탑은 사면에 관음보살상을 조각해 놓았는데 모두 196구나 된다.

이곳에 새긴 관음보살들의 미소는 우리가 지금까지 본 것과는 사뭇 달랐다. 순간 두툼한 입가에서 흘러나오는 신비롭고 야릇한 미소야말로 아시아 문명의 본질이 아닐까 하는 생각이 들었다. 그 비밀을 찾아서 우리는 크메르 왕국으로 들어가는 것이다.

바이온 사원은 힌두교를 신봉하여 비수뉴신과 합일체가 되려 했던 전대(前代)의 왕들과는 달리 불교를 숭상했던 쟈바르만 7세(1181~1201)에 의해 다시 지은 건축물이다. 일부 벽면을 제외하면 현존하는 사원의 거의 모든 시설이 쟈바르만 7세 왕의 통치시대에 완성되었는데 높이 솟은 탑마다 왕이 특별히 숭배했던 관세음보살상을 조각하였다. 왕은 자신과 관세음보살을 일체화 하려 했으므로 탑에 새겨진 관세음보살의 모습은 어떤 면에서는 왕 자신의 모습이기도 했다. 왕은 자신의 사후 안녕을 빌며 장례도 이 사원에서 치를 것을 명령했다고 한다.

다음에 방문한 곳은 앙코르와트였다. 캄보디아의 국기에도 그려져 있는 거대한 석조 유적지 앙코르와트는 수리아바르만 2세(1113~1145)가 지은 건축물이다. 왕은 신의 아들인 자신의 위력이 세계의 구석구석까지 떨치게 해 달라는 기원의 뜻으로 신을 위한 건축물을 세웠다. 이렇게 해서 그는 당시 인도차이나 반도의 대부분을 지배하는 동남아시아 역사상 가장 크고 번창했던 왕조의 정당성을 확보하려 했으리라. 사실

앙코르 와트는 캄보디아의 앙코르에 위치한 사원으로, 12세기 초 수르야바르만 2세에 의해 창건되었다. 앙코르에서 가장 잘 보존된 석조건축물로 모든 종교 활동의 중심지 역할을 해 왔다. 처음에는 힌두교 사원이었는데 후에 불교 사원이 되었다.

앙코르와트 사원 전체가 천상세계를 지상에 표현하고 있는 셈이다.

앙코르와트는 우주의 중심인 메루산을 표현한 피라미드형의 신전이다. 제일 높은 곳을 우주의 중심으로 표현하고 사방에 탑을 세워 그 주위를 긴 회랑으로 둘렀는데, 그것은 대륙과 산맥을 뜻한다. 사원 전체를 둘러싸고 있는 인공 호수는 바다를 뜻하며 그 규모가 남북 1300미터, 동서로 160미터나 되고, 피라미드형의 전체 구조에 맞게 그 위에 세운 제2회랑

도 남북 80미터, 동서 90미터나 되는 거대한 건축물이다.

　총 길이 1킬로미터가 넘는 회랑의 벽면에는 한 곳도 빼놓지
않고 부조로 장식되어 있는데, 돌이라고는 도저히 믿기지 않
을 정도로 정교하다. 수많은 부조는 이곳이 처음에는 힌두교
사원이었음을 증명이라도 하듯 힌두교의 우주관을 이야기로
꾸며 새겨 놓았다. 특히 제2회랑의 벽면장식은 힌두신화와 전
설이 대부분이다.

　제2회랑은 당시의 귀족이나 민중의 생활상과 쟈바르만 7세

가 샴 족 전사를 무찌르는 전쟁 이야기가 사실적으로 잘 나타나 있다. 많은 돌기둥에는 아름다운 모습으로 춤을 추고 있는 천녀(天女) 아푸사라스가 새겨져 있어 눈길을 끈다.

크메르왕조의 앙코르 문명은 지리적으로 인도문명과 중국문명의 한 가운데 이룩한 문명이다. 마치 갠지스강물이 넘치면 강 언저리에 스며들었다가 홍수가 지난 다음에는 물에 잠겼던 땅이 아주 기름진 땅으로 변하는 것처럼 인도문명의 한 흐름이 앙코르로 건너와 꽃을 피우고 열매 맺은 것이 아닐까. 그러나 앙코르문명은 어디까지나 크메르 민족의 독특한 문명임에 틀림없다. 인도뿐 아니라 중국문명의 영향도 받았겠지만 그들은 그들만의 독특한 새로운 문명을 창조해 냈다.

앙코르 유적 군에서는 흰두사원, 불교사원 등 종교적 변화를 살펴볼 수 있는 것도 흥미로웠다. 9세기에서 15세기에 걸친 크메르 왕조의 역사 유적지를 돌아보면서 사람들이 경탄해 마지않는 것은 그 규모도 규모지만 뛰어난 예술적 창조력으로 표현한 강렬한 신앙심이었다.

세계에는 많은 문명 유적들이 남아 있지만 앙코르의 석조 건물들은 그 어느 문명에도 뒤지지 않는다는 생각이 들었다. 이렇게 거대한 건축물을 어떻게 만들었을까. 누가 이처럼 빈틈없이 정확한 설계를 하였으며 이 많은 돌을 어디서 가져왔을까. 학자들의 꾸준한 노력에도 불구하고 그에 대한 완전한 해답은 아직 나오지 않았다.

이처럼 거대한 유적에 마치 도전이라도 하는 것처럼 폭염이 만만치 않았다. 게다가 열대 특유의 벵갈고무나무 뿌리가 건물의 기둥이나 지붕에 구렁이처럼 엉켜서 천년 가까이 공존하고 있는 모습은 다른 곳에서는 볼 수 없는 기괴한 모습이다. 앙코르 유적은 정녕 인간과 자연과의 투쟁의 흔적이며 왕국의 흥망성쇠가 덧없음을 느끼게 했다.

600년 동안 앙코르를 중심으로 번성했던 크메르 왕조는 15세기에 이르러 끝이 나고 말았다. 후세 사람들은 패망의 원인을 두 가지로 꼽고 있다. 첫째 샴 족의 침공을 받아 9만여 명이 포로로 잡혀갔을 만큼 심각한 타격을 받았고 둘째는 소승불교의 영향이라고 보고 있다. 소승불교는 혼자서 조용하게 공덕을 쌓아 해탈하는 것을 중요하게 생각한다. 그러므로 통치자를 숭배하며 거대한 신전을 짓고 거기에 의존하는 일은 국민들에게 극심한 부역과 군역의 고통을 안겨 주었을 뿐 아니라 끝내 외면을 당했을 것이다.

1431년 크메르왕조는 망하고 사람들은 어디론가 살길을 찾아 떠나버렸다. 당시에 100만 명이 살았다는 도시는 텅 비었고 이제 신들만의 휴식처로 남게 된 것이다. 차츰 사람들의

수많은 첨탑들이 하늘을 향해 치솟았다. 산화철을 포함한 화강암이 오랜 풍화로 공기 중의 산소와 결합하여 붉은 빛으로 바뀌었다.

접근이 어려워졌고 마침내 400여 년 동안 밀림에 버려져 짐 승들의 보금자리로 바뀌어갔다. 그런데 1860년대에 이르러 이 '신의도시'에 대한 소문을 듣고 죽을 각오로 그곳을 세 번이나 찾아간 사람이 있었다. 바로 프랑스의 탐험가 앙리 루어이다.

잠자던 밀림의 왕도(王都) 앙코르는 이렇게 하여 세상에 널리 알려지게 되었다. 그러나 이곳에 인간이 살았던 흔적은 모두 사라졌다. 신이 살던 곳은 석조건물이라 이렇게 남아있지만, 왕궁을 비롯하여 사람이 살던 곳은 목조건물이라 남지 않았다.

내가 평생 보았던 돌을 모두 합친 것보다도 더 많은 돌을 이곳에서 단 하루 만에 볼 수 있었다. 일행 중에 누군가

"돌만 보고 다니니 돌아버리겠다."는 농담이 나온 것도 그 때문이다. 이곳저곳 널려 있는 작은 돌멩이마다 일련번호를 붙여두고 있었다. 지금도 꾸준히 진행되고 있는 복구 작업으로 이 돌들은 원래 자리로 돌아갈 것이다. 문득, 깨어진 조각돌을 이리저리 꿰어 맞추듯 인생도 퍼즐의 한 단면이겠다는 생각이 들었다.

황금 불탑의 나라 / 미얀마 양곤

양곤에서는 어디를 가나 불탑이 눈에 띈다. 금탑 꼭대기는 사파이어, 루비, 다이아몬드 같은 보석으로 치장하여 화려하기 이를 데 없다.

  미얀마의 성지순례는 오래 전부터 동경해 오던 여행이었다. 어렵게 이루어진 꿈이었기에 더욱 가슴 설레는 발길이었다. 이른 새벽에 미얀마 국내선 비행기를 타고 이 나라의 수도인 양곤에 내린 것은 성지 순례 나흘째 되는 날이었다. 이 나라는 가는 곳마다 눈길이 닿는 곳마다 불탑이요 사원이다. 아침거리에서는 검붉은 가사를 걸치고 탁발 항아리를 안고

가는 승려들의 맨발 행렬을 자주 볼 수 있었다.

　미얀마에는 화려하고 웅장한 불탑과 사원들이 수없이 많을
뿐 아니라 작고 큰 파고다를 다 합하면 지금도 400만 기가 넘
는 데도 계속해서 새로운 불사를 하고 보수하고 개금하고 있
는 것을 본다. 이 나라 사람들은 오직 불교를 위해 살고 있는
것 같고 불교 신자가 국민의 86퍼센트가 넘는다고 하니 정녕
불교의 나라에 온 것을 실감한다.

미얀마의 수도 양곤은 도시 전체의 반이 공원과 호수, 크고 작은 황금빛 불탑으로 이루어져 '동양의 정원'이라 불린다. 그 중 가장 큰 규모를 자랑하는 것이 '쉐더공 파고다'이다. 처음 만들었을 당시에는 높이가 30m였으나 계속 황금을 축적하여 지금은 높이가 100m에 이른다.

사람들의 표정도 순해 보이고, 늘 웃음 띤 얼굴이고 잘 살고 못 사는 것도 다 팔자려니 생각하면서 이생에서 공을 닦으면 내생에는 잘 살 수 있다는 믿음에 절에 가서 향 피우고 불탑에 금을 입히고 사는 것 같았다.

미얀마에서 가장 으뜸가는 쉐다곤 파고다에 갔다. 거대한 종을 엎어놓은 것처럼 보이는 이 탑의 높이는 107미터이고 순금으로 덮어놓은 금의(金衣)의 무게는 자그마치 60톤에 달

한다.

탑 첨단에는 5,448개의 다이아몬드와 2,317개의 루비, 사파이어, 토파즈가 박혀 있고 그 중앙에는 커다란 에메랄드와 76케렛의 다이아몬드가 안치되어 있다. 그 주의에는 1,065개의 금종과 420개의 은종이 둘러져 있고100여 개의 작은 탑들이 쉐다곤 파고다를 둘러싸고 있다.

우리가 쉐다곤 파고다를 둘러보고 나올 때는 마침 황혼의 마지막 석양이 그 탑을 현란하게 비추고 있었다. 미얀마 인들의 유구한 세월을 두고 쌓아 온 불심이 눈부신 보석과 한 덩어리가 되어 빛나면서 우리들의 뇌리 속에 깊게 새겨지는 것을 온 몸으로 느끼면서 걸어 나왔다. 양곤 시내 어디에서도 바라볼 수 있는 쉐다곤 파고다의 신비스럽고 오색찬란한 불빛이 하늘 높이 솟아오르고 있었다.

1000여 년 전 파간 왕조의 수도였던 파간에는 지금도 2,500여 기의 불탑과 사원, 수도원이 남아 있다. 그 중에서도 하얀 눈이 쌓인 듯한 아난다 사원은 지금도 가장 아름답다는 사원이다. 한쪽 길이가 53미터의 정방형으로 되어있고 동서남북에 각각 입상 부처님을 모셨다.

사원 외벽을 하얗게 만들어 햇볕이 밖으로 반사하도록 하고 건물 안으로는 빛을 차단하여 동굴과 같은 감을 주었다.

이 사원은 파간 왕조 3대왕인 짠싯다에 의해 1091년에 완공되었다. 그 당시 인도에서는 무슬램에 정복당한 후여서 불교가 거의 쇠퇴해 버렸다. 불교를 신봉하는 사람들은 박해를 피해 일부는 태국으로 이주해가고 일부는 그 무렵 새로운 불교의 중심지로 부각된 이곳 파간으로 몰려들었다. 이중에서도 여덟 명의 승려가 히말라야 산의 '난다몰라' 동굴사원 이야기를 왕에게 자주 들려주었다. 왕이 동굴 사원에 마음이 끌려 아난다 사원을 짓도록 한 것이다.

아난다 사원 내부는 그리 어둡지 않았다. 9.5미터나 되는 불상 앞에는 3단계로 참배길이 열려 있었다. 제일 앞줄에는 임금이나 승려가 설 수 있고 뒤로 6.7미터 물러난 곳은 귀족이나 학자 등과 중산층이 절하는 곳이다. 거기서 다시 7.8미터 뒤로 물러난 곳이 일반 백성들이 절하는 곳이다.

우리 일행은 왕이나 된 것처럼 제일 앞줄에서 절한 뒤 합장하고 부처님을 우러러 보았다. 정교하고 훌륭한 조각의 예술성에 넋을 잃은 채 바라보고 있는데 어딘지 모르게 근심스러운 표정으로 비쳤다. 나만 그렇게 느낀 것이 아니었다. 안내자가 저 뒤쪽으로 가서 다시 보라고 일러주었다. 그의 말에 따라 백성들이 절할 수 있는 곳에 가서 멀리 부처님을 다시 바라보았더니 이 무슨 조화란 말인가. 세상의 어느 부처님보다도 따스하고 인자한 웃음을 짓고 계시지 않는가.

이상해서 다시 부처님 바로 앞으로 가 보았다. 여전히 근심스럽고 엄한 표정을 하고 계셨다. 왕이나 승려들이 바른 정치를 하지 않고 백성들을 바르게 인도하지 못하면 어찌할까. 백성들을 괴롭히고 불법을 제대로 전하지 못하면 어찌할까 염려하시고 근심이 가득한 표정이셨다.

제일 뒷줄에서 보면 고달프고 힘든 삶을 살고 있는 백성들을 따뜻하게 어루만지고 자비로운 눈길을 보내시는 것이다. 어찌하여 한 불상에서 자리에 따라 이렇게 다른 표정으로 비칠 수 있을까. 얼마나 뛰어난 솜씨이고 고도의 예술성과 탁월한 철학이 있었기에 그러한 신비로운 조각품을 남길 수 있었을까.

영국 식민지 시절부터 슐레 파고다를 중심으로 시청을 비롯한 모든 관공서가 있고 영국풍의 건물, 재래시장이 자리 잡고 있다.

그 당시 파간에는 여러 종족들 간에 전쟁이 끊이지 않았다. 포로로 잡혀온 인부도 많았고 문화 수준이 높은 장인들도 많았다. 이 사원을 지을 때는 많은 노예와 포로들이 공사를 담당했다.

짠싯다 왕은 많은 승려와 장인들과 같이 백마를 타고 다니며 인부들을 직접 지휘하고 감독한 끝에 이 사원을 완공시켰다. 이 시기의 새로운 불교 중심지로 부각된 파간은 이 사원으로 더욱 수많은 순례자들의 발길이 잦아졌다.

아침해를 받아 황금빛으로 빛나는 아난다 사원의 뾰족탑은 파간의 걸작품으로 손꼽혔고 완공된 아난다 사원은 짠싯다 왕을 매혹시켰다. 다시는 이와 같은 건물을 만들지 못하도록 하기 위해 건물을 지을 때 사용한 관행(설계도 같은 것)을 모조리 없앴을 뿐 아니라 공사에 참여했던 모든 건축기사들을 죽여 버리고 동원된 노예들도 모두 땅 속에 파묻어 버렸다.

신비스러운 그 불상은 사방 네 군데에 있었는데 두 구는 도

둑맞고 한 구는 화재로 사라졌다. 지금은 단 한 구만 그 때의 작품인데 없어진 세 군데 불상을 아무리 이름 높은 장인을 모셔와 복원하려고 해도 신비스러운 표정은 재현하지 못했다고 한다.

아무도 흉내 내지 못할 훌륭한 그 조각가는 어쩌면 자기 자신 앞에 닥쳐올 운명을 미리 짐작하고 있었던 것은 아니었을까. 신비로운 그 걸작품을 남기면서 자신의 영혼과 운명도 함께 묻은 것은 아닐까.

시간도 흐르고 역사도 흐른다. 천 년 전에 세운 아난다 사원은 바로 어제 세운 것처럼 산뜻하다. 그렇게 웅대하고 화려한 아난다 사원을 만날 수 있는 것도 더할 수 없는 복이었다.

사람은 가고 파간 왕국은 망해도 아난다 사원의 아름다움은 영원하리라. 화려함 뒤에 감춰진 애절한 사연을 떠올리면서 아난다 사원을 걸어 나오는 나의 눈앞에 근심 어린 부처님의 눈길이 자꾸만 어른거렸다.

몽골

몽골 하늘에 뜬 무지개 / 몽골 셀렝강

십여 년을 함께한 자생식물연구회 회원들과 몽골 답사여행
에 나섰다. 언젠가 꼭 한번은 가보고 싶었던 곳이라 기대가
컸는데, 그것도 한국 식물학계의 거장이신 이창복 박사님과
동행하게 되어 더욱 가슴이 설레었다. 몽골의 수도인 울란바
토르에서 제법 편하고 깨끗한 호텔에서 하룻밤을 보냈는데
그런 호사는 그날뿐이라는 사실을 그때는 몰랐었다.

다음날부터 우리는 몽골 유목민들이 손수 지은 게르에 묵
거나 서울에서 준비해 간 천막에서 자야 했다.

드디어 본격적인 탐사 길에 나섰다. 우리 일행을 태운 버스
는 울퉁불퉁한 비포장도로를 달리기 시작했다. 그런데 버스
는 한 시간도 채 안 돼 길 가운데 덜컥 서고 말았다. 차가 고장
이 났다는 것이다. 몽골 청년들이 뜨거운 햇볕 아래 이리 뛰
고 저리 뛰면서 부지런히 차 밑에도 기어들어갔다가 나오곤
했다. 그들은 한참 후에야 차를 다 고쳤다며 버스에 올랐다.

그러나 버스는 얼마 가지 못해 또다시 고장이 났다. 그러기
를 몇 차례 되풀이 하니 처음에는 짜증도 났지만 시간이 흐를

수록 인내심도 생기고 그러려니 하는 너그러움도 생겼다.

밤이 늦어서야 첫 목적지인 초원에 도착했다. 우리가 준비해 간 천막을 치는 동안 식사를 맡은 몽골 국립대학의 생물학 교수 부부가 어디선가 바쁘게 물을 길어와 밥을 지어주었다.

그런데 날이 새고 세수를 위해 천막 주위를 걷던 나는 깜짝 놀라고 말았다. 구정물 같이 시커먼 물이 고인 웅덩이가 눈에 띄었다. 여기 저기 가축의 발자국이 찍혀 있고 분비물도 흩어져 있었다. 전날 밤 교수 부부는 바로 그 물로 우리들 밥을 지어주었던 것이다. 또 그들이 연료로 사용한 것이 동물들의 배설물이었다는 것도 알게 되었다.

몽골의 초원에 폐허로 남은 불교유적. 먼 옛날 이곳에 웅장한 사찰이 있었지만 지금은 풍우를 견딘 전탑만이 남아 있다.

초원의 절터에 남은 석불.

　이러한 사실을 알게 된 순간, 갑자기 배가 아파오는 듯했
다. 혹시 우리 일행이 집단적으로 배앓이를 하게 되는 게 아
닐까 걱정했지만 기우였다. 모르는 게 약이라더니 어젯밤의
진실을 모르는 그들은 배 아픈 사람도 없이 모두 멀쩡했다.
천만다행이었다.

몽골은 목축업을 주산업으로 하는 유목국가이다. 해마다 여름에 열리는 나담축제에서는 말달리기 같은 목동들의 경기가 열린다.

가도가도 끝이 없을 것 같은 초원은 이름 그대로 하늘과 땅이 서로 맞닿아 지평선을 이루고 있었다. 지천으로 깔려있는 풀꽃들이 자마다 아름다운 자태로 향연(饗宴)을 벌이고 있었다. 수많은 들꽃 사이에 에델바이스라고 알려진 하얀 솜다리꽃과 희귀한 백부자가 만발했고 새빨간 개양귀비꽃이 넓은

유목민은 양가죽 천막으로 된 이동식 주택 겔에서 생활한다. 겔은 가축을 따라 이동 중에 설치하고 철거가 쉽도록 분해 조립식이다.

수도인 울란바토르 인근에 관광객을 위해 겔식 천막촌을 만들어 호텔로 활용하고 있다.

꽃밭을 이루고 있었다. 드넓은 꽃밭에 서니 막혀있던 내 가슴이 활짝 열리는 것 같았다.

몽골은 유난히 바람이 많다. 어디서 와서 어디로 가는지 알 수 없다. 거기에다 강렬한 햇살이 눈을 부시게 한다. 그러나 큰 나무가 없으니 그늘이라고는 어디에도 찾을 수 없다. 이곳은 비가 잘 오지 않는다. 연 강우량이 300밀리 밖에 되지 않는 곳이라는데 저 많은 꽃들이 어떻게 피었을까 궁금했다. 지도교수님 설명을 들으니 이해가 갔다. 식물은 밤에 내린 이슬을 잎과 뿌리에 잘 간직했다가 낮에 그 수분으로 꽃을 피워낸다는 것이다. 가슴이 찡해 왔다. 놀라운 생명력으로 피워낸 꽃이기에 그렇게 고울 수밖에 없었던 것이다.

며칠을 달리던 어느 날, 이제 몇 시간만 가면 바이칼 호수로 유입되는 셀렝 강을 만나게 된다는 말을 들었다. 그런데 바로 그때 해가 저물기 시작하는 차창 밖으로 느닷없이 무지

개가 나타났다. 갑자기 다가온 행운이었다. 놀라움과 설렘으로 누가 먼저라 할 것 없이 모두 차에서 내렸다.

이 얼마나 오랜만에 보는 무지개이던가.

영롱한 빛깔은 그 어떤 화가가 대형 캔버스에 반원을 그려 넣은들 그걸 표현할 수 없을 것이다. 모두들 넋을 놓고 바라보고 있는 사이 무지개는 서서히 우리들 시야에서 사라져갔다. 고운 노을빛의 황홀한 그 모습을 우리 가슴 속에 깊이 새겨 놓은 채 석양 속으로 묻혀버린 것이다.

어두워지고서야 우리는 셀렝 강가에 도착했다. 넓은 초원 한 가운데에는 큰 원뿔 모양의 나뭇단이 쌓여 있었다. 그리고 셀렝 강가에서의 캠프파이어가 시작되었다. 모두들 손을 잡고 불붙은 나뭇단을 가운데 두고 원을 그리며 빙빙 돌았다. 처음에는 우리와 몽골 청년들이 노래를 부르고 춤추는 모습이 확연하게 구분되었는데, 시간이 갈수록 누가 한국 사람이고 누가 몽골 사람인지 분간하기가 어려워지면서 우리는 하나가 되었다.

밤이 깊어가고 화목(火木)들은 석류알 같이 새빨갛게 익은 숯만 남기고 스러져갔다. 손만 뻗으면 다 잡힐 것 같은 밤하늘의 수많은 별들…. 셀렝 강 물속에도 수없이 내려앉았던 그 별빛은 지금도 내 가슴에 그대로 남아있다.

제 3 부

일본

나가라강의 가마우지/ 일본 기후(岐阜)

횟불을 밝히고 목에 줄을 맨 가마우지를 풀어주면 물속에 잠수하여 커다란 물고기를 잡아서 삼킨다. 물 위로 올라온 가마우지를 당겨 뱃전으로 끌어 올린다.

강물에 일렁이며 번쩍이는 어화(漁火)는 그 누구에게 애타는 마음을 보내고 있는지 나가라가와[長良川] 연가를 평소에 좋아했는데 바로 그 강이 있는 기후(岐阜)에서 하루를 보내게 되었다. 금화산(金華山) 정상에 우뚝 솟은 기후성(城)에서 밑을 내려다보니 나가라강은 물줄기가 가늘기는 하지만 정말로

해가 기울면 배를 타고
도선장을 떠나 어장으로
간다. 밤새 가마우지를
부려 물고기를 잡고 새
벽에 돌아온다.

길게 뻗어 흐르는 강이었다.

하루 종일 쉬지 않고 내리는 초여름 비를 맞으며 강변 선창
으로 내려와 우까이라는 배를 탔다. 일종의 관광선으로서 가
마우지의 고기잡이, 보다 정확하게 말하면 '가마우지를 이용
한 고기잡이'를 보여줌으로써 사람들을 끌어들인다. 가마우
지는 커다란 부리와 몸집을 가졌으나 날개가 퇴화된 황새목
에 속하는 새이다. 선창에서 출발하여 강폭이 가장 넓은 지점
까지 거슬러 올라가는 데에는 약 반시간 가량 걸렸다. 이미
그곳에는 여러 척의 배들이 정박하여 환하게 불을 밝혀놓고
밤이 깊어지길 기다리고 있었다. 본격적인 가마우지쇼가 시
작되려는 것이다.

이윽고 뱃머리에 참솔 횃불을 태우면서 여섯 척의 고깃배
들이 일렬로 나란히 섰다. 수십 마리의 가마우지들이 줄에 목
이 묶인 채 그 줄을 잡고 조종하는 어부들의 손짓에 따라 이
리저리 움직이는 것이 보였다. 어부들의 다부진 눈빛이 불똥
을 튀기며 타오르는 횃불에 비쳐졌다. 검은 비옷을 머리에서

가마우지를 길들여 물고기를 잡는 어로방법은 아주 오래 되었다. 나가라강의 어부들은 이러한 독특한 방법을 통해 싱싱한 물고기를 얻는다.

부터 뒤집어쓰고 뱃머리를 툭툭 치고 있는 그들의 모습에선 일종의 긴장감까지 느껴졌다. 시간이 얼마나 흘렀을까. 관광객들 사이에서 함성이 터져 나왔다.

가마우지가 강물 속에서 고기를 물어 올린 것이다. 어두운 데다 거리가 멀어 무슨 종류인지는 알 수 없었지만 상당히 큰

물고기였다. 어부들은 가마우지들을 앞세워 목에 맨 줄을 이리저리 당기면서 닦달을 하고 또 한편으로는 배들 사이의 간격을 유지하면서 호오, 호오 소리를 질러댔다.

얼마나 많은 고기를 잡았는지는 모르지만 고깃배들은 그렇게 반시간 남짓 요란스러운 고기잡이를 끝내고 어두운 강물을 따라 내려가 버렸다. 일행 중 누군가가 오늘밤은 비가 와서 더욱 운치가 있다 했더니 관광선 관계자는 비가 오면 고기잡이에 어려움이 있다고 귀띔해 준다. 수면이 차가워져 고기가 수면 가까운 곳으로 떠오르지 않기 때문이라는 것이다.

고기잡이배들의 횃불이 멀리 사라진 강물 위에는 떨어지는 빗방울 소리가 점점 더 커져갔다. 별도 달도 없는 어두운 밤하늘에서 조명으로 환하게 치장한 기후성의 모습이 빗속에서도 또렷하게 보였다. 그러나 화려한 쇼의 뒤끝은 그리 개운치만은 않았다.

가마우지를 이용한 나가라강의 고기잡이는 오랜 전통을 가지고 있다. 그런데 그것은 아무나 할 수 있는 것이 아니고 오직 여섯 집안의 장남들만이 할 수 있다고 한다. 그 역사가 이미 1,300년이나 되고 이들이 각기 1년 동안 벌어들이는 수입도 우리 돈으로 3억 원이 넘는다고 하니 그들이 가지고 있을 자부심이 짐작되고도 남았다.

낚시나 그물로 잡아들이는 고기는 사람 손에 들어올 때까

나가라강의 가마우지 체험에 앞서 포즈를 잡았다.

지 많은 고통과 몸부림 때문에 독소가 생긴다는 것이다. 그러나 가마우지가 잡아 올린 고기는 새의 부리에 물리는 그 순간에 바로 죽기 때문에 고기 맛이 뛰어나서 오랜 옛날부터 최고급 요리 집이나 궁중에 비싼 값으로 팔려 나갔다고 한다.

가마우지의 목에는 겨우 숨만 쉴 정도로 끈을 묶어놓았기 때문에 아주 작은 고기만이 그의 몫이고 큰 고기는 모두 어부의 손으로 넘어가게 되어있다. 거기에다 관광객을 상대로 쇼가 벌어질 참이면 24시간을 굶겨놓는다고 한다. 그래야만 아사 직전의 새들이 필사적으로 고기 잡는 모습을 관광객들에게 보여줄 수 있고 또 짧은 시간 안에 많은 고기를 잡을 수 있기 때문이다.

인간의 잔인성이 새삼 부끄러워진다. 그러나 이를 구경하려는 사람들이 몰려오는 한, 그리고 이들이 잡은 고기가 비싸게 팔려나가는 한, 가마우지를 이용한 고기잡이는 아마도 계속될 것이다. 목이 묶인 가마우지들이 자맥질을 통해 애써 잡아 올린 고기를 어부들이 가로채는 것을 한국의 남편들이 처한 현실에 비유한 어느 수필가의 글이 떠오른다.

한 달 동안 열심히 일한 대가로 받는 봉급이 온라인을 통해 고스란히 부인에게 유입되는 현실이 마치 가마우지의 목을

숙련된 어부 한 사람이 10여 마리의 가마우지를 부린다. 가마우지 목을 끈으로 묶어 놓았으므로 잡은 물고기를 완전히 삼키지는 못한다. 가마우지를 맨 줄을 당겨 목을 누르면 물고기를 토해낸다.

매고 있는 리본과도 같다는 것이다. 가장으로서의 권위와 과거의 위치를 상실한 우리의 남편들이 가마우지의 그 허탈감을 어느 정도는 공유하고 있는 것이 사실인 듯하다. 그러나 그 봉급이야말로 남편들이 가지고 있는 마지막 남은 자존심임을 우리들이 어찌 모르겠는가······.

시레토코 반도의 초겨울 / 일본 북해도

북해도는 섬 전체가 청
정지역이다. 호수의 물
이 워낙 맑아서 물속에
도 붉은 벽돌 건물이 잠
겨 있다.

일본 북해도 동쪽 끝으로 뻗어 있는 시레토코(知床) 반도는 유네스코에서 세계문화유산으로 지정한 곳이다.

지난 초겨울 그곳에 도착한 우리들을 가장 먼저 맞아준 것은 오오츠크해(海)의 눈부신 파도였다. 동장군의 거친 숨소리를 내는 높은 파도가 해안을 때리고 부서지기를 반복하고 있었다.

관광객도 끊어진 초겨울이어서 상점들도 문을 닫았고 대부분의 숙소도 휴업 중이라 스산하기 짝이 없었다. 오직 '선장(船長)의 집'이라는 간판을 단 민박집 한 곳이 문을 열고 우리를 반겨 주었다. 그 집 주인은 마침 고기잡이 출항도 며칠 전에 끝났고 해서 시간이 있으니 자기 차로 우리를 안내해 주겠다고 나섰다.

흰 눈을 덮어 쓴 채 길게 줄지어 있는 시레토코의 연봉(連峰)들은 표고가 최고 1,660미터나 되는 높은 봉우리들이다. 끝을 모를 정도로 줄지어 선 봉우리들을 바라보니 꿈결처럼 아련하게 느껴졌다.

산기슭의 숲과 언덕에는 3,40마리의 노루 떼가 노니는 모습이 한눈에 들어 왔다. 낙엽 위에 앉아 쉬고 있는 모습이 참

100여년 전의 북해도 모습을 보여주는 사진. 북양어선의 전진기지 역할을 담당해 왔다.

으로 평화스러웠다. 그런가 하면, 여우들이 차도까지 나와 쌍쌍이 앉아 있었는데, 마치 오늘 밤에는 또 얼마나 많은 눈이 내릴까 걱정하는 표정이었다. 산속에 있어야 할 여우들이 왜 이런 번잡한 차도에 나와 있는 것일까? 관광객이 던져주는 먹이에 익숙해졌기 때문으로 생각되었다. 생활터전이 바뀐 탓에 때로는 교통사고로 희생되기도 하는 모양이다.

그러나 시레토코의 산과 숲속에는 아직도 많은 야생 동식물이 산다고 한다. 시레토코는 오랜 화산활동으로 험준한 지형이 형성되었기 때문에 사람들의 접근이 어려웠다. 그 때문에 원시 그대로의 자연환경이 잘 보존되었고 많은 동식물이 야생 상태로 살아갈 수 있게 되었다.

초겨울이라 자동차가 자연 깊숙한 곳까지 들어갈 수 있는

북해도는 옛날부터 먼 바다로 나가 고기를 잡을 때 전진기지로 삼았던 곳이다. 항구는 정어리나 명태 어로 철이면 일본 전역에서 고기잡이 배들이 몰려왔다.

일 년 중 마지막 계절이었다. 산속에 있는 모든 생물은 겨울 준비가 한창이었다. 태고 때부터 되풀이해 온 자연의 모습이었다.

산중턱 자동차가 더 이상 들어갈 수 없는 곳에 이르렀다. 줄지어 주차된 자동차 사이로 사람들이 한 곳을 향해 빠르게 움직이는 모습이 시야에 들어왔다. 우리 일행도 차에서 내려 사람들의 대열에 합류하였다. 사람들을 따라 잠깐 몸을 움직이니 제법 넓은 강이 나타났다. 물살이 빠르게 흐르는 강 건너 편에서 '히구마'라고 하는 덩치 큰 곰 한 마리가 어슬렁거리며 내려오는 것이 보였다. 이곳에 많이 산다고 하는 그 곰이 재빨리 강물로 뛰어 드는가 했더니 어느새 큰 연어 한 마리를 물고 나오는 것이 아닌가. 많은 구경꾼들이 일제히 감탄

북해도의 시레토고 반도는 천 길 낭떠러지로 이루어진 험준한 지형이다. 앞에 북해도에서 가장 먼저 세운 등대가 있다.

사를 외쳤다.

　구경꾼 중에는 그 모습을 찍기 위해 카메라를 세팅하고 오랜 시간을 기다린 사람도 있는 모양이었다. 입에 연어를 문 채 유유히 숲 속으로 사라지고 있는 곰을 지켜보면서 우리는

운이 좋은 편이라고 생각했다.

회색으로 낮게 깔려 있던 하늘이 언제부터인가 가는 눈발
을 흩뿌리기 시작했다. 길이 얼기 전에 내려가기 위해 서둘러
야 했다.

숙소에 돌아오자 덩치 큰 여주인이 큰 웃음으로 맞아주었다. 숙소의 이층 방은 초라하고 외풍도 센 곳이었지만 아래층 식당은 따뜻하고 아늑했다. 실내로 들어갔더니 우리 일행 말고도 또 한 팀의 손님들이 있었다. 두 눈이 번쩍 뜨일 만큼 풍성한 성찬이 마련되어 있었다. 며칠 전 이집 주인인 선장이 직접 잡은 것들로 차린 음식이라고 한다. 식탁에는 정말 꽃같이 아름다운 진홍빛의 꽃게와 저녁노을 빛깔을 닮은 털게가 한 사람 앞에 한 쟁반씩 수북하게 쌓여 있었고 온갖 생선요리가 푸짐하게 놓여 있었다.

풍성한 식탁을 더욱 푸짐하게 해 준 것은 그 집 주인의 꾸밈없는 웃음소리였다. 스무 살에 시집와서 지금까지 한 번도 외지에 나가본 적이 없고 오로지 이집에서 장사만 해 왔지만 자식들은 모두 도회지에 나가 잘 살고 있다고 자랑했다.

시레토코는 꼭 다시 한 번 가보고 싶은 곳이다. 그때는 겨울이 아닌 여름이었으면 좋겠다. 사진으로만 보던 많은 야생동물들, 특히 아름답고 희귀한 새들이 많다고 하니 벌써부터 가슴이 설렌다. 그리고 기왕이면 배를 타고 오오츠크해로 나가 고기를 잡는 선장의 기쁨을 같이 나누고 싶다. 영혼까지 깨끗이 씻어갈 것 같은 새하얀 파도가 벌써부터 눈앞에 넘실거린다.

야간 대합실에서 본 두 여인 / 일본 토쿄

지난여름 동경에서 있었던 일이다. 오전 중에 매듭지어야 할 일이 있었는데 오후 늦게 서야 어렵게 끝내고 보니 서울로 가는 비행기를 놓치고 말았다. 다음날 첫 비행기의 대기 좌석을 받을 수밖에 도리가 없었다.

아늑한 고향마을 같다. 야간 대합실에서 본 아가씨도 이런 시골 출신인지 모른다. 비정한 도시를 떠나 가난하지만 진정 자유롭게 살고 싶었는지 모른다.

나리타 공항 가까이에 숙소를 잡으려고 전철을 탔는데 비행장에 도착한 것은 밤 열 시도 훨씬 넘은 시각이었다. 들고 있는 짐이 무겁고 거추장스럽기에 공항 락커에 넣어두고 그 근처에 묵으려고 비행장 구내로 들어갔다.

그 곳 직원이

"오늘밤 여기서 주무실 건가요?"

일본의 어느 민간인 주
택. 정원에 연못을 파고
파낸 흙을 쌓아 작은 동
산을 만든다. 여기에 갖
가지 나무와 꽃을 심어
정원을 완성한다.

하고 물어 왔다. 나는 의아해 하면서

"여기에 잘 곳이 있어요?" 라고 되물었다. 그들은 나를 4층에 있는 대합실로 안내하는 것이 아닌가. 그 순간 부스스해진 머리 모양과 피로에 지친 내 모습을 떠올리며 쓴웃음을 지었다. 내 모습이 여비가 떨어진 여행객쯤으로 비친 것이리라. 어쨌거나 나는 그 대합실에서 하룻밤을 보내고 싶은 마음이 반사적으로 일어났다. 십여만 원이 넘는 숙박비도 아낄 수 있었지만 나를 끌고 간 것은 타고난 호기심 많은 성격 탓이었을 것이다.

넓은 대합실 한구석에는 이미 스무 명 남짓한 사람들이 긴 의자에 누워 있었고 공중전화 박스에 매달려 있는 사람들도 더러 보였다. 아직 자지 않고 이야기하고 있는 사람들도 있었다. 나는 빈 의자에 자리 잡고 앉았다.

내 뒷자리에도 동남아 사람으로 보이는 처녀가 그의 일행인 듯한 사람들에게 앳되고 고운 목소리로 무언가 쉬지 않고 이야기를 하고 있었다. 혼자 앉아 있으니 심심하기도 해서 말을 걸어보았다. 다행히 그들은 일본말을 할 줄 알았다. 내일 서울에 가서 인도네시아로 가는 비행기를 갈아탈 것이라면서 사귄 지 오래된 사람처럼 대해 주었다. 이곳 인형공장에서 2년 동안 일해서 모은 돈을 가지고 고향으로 간다면서 나에게 수마트라를 아느냐, 자바를 가 보았느냐고 물어왔다. 그 곳은 생선이 흔하고 어디서나 맛있는 과일을 딸 수 있다면서 내일 만날 부모형제를 떠올리는 그 처녀의 눈은 꿈꾸는 듯하였다.

내 옆자리에는 언제 왔는지 긴 머리를 한 젊은 일본 여자가 앉아 있었다. 어딘지 모르게 지성미가 온 몸에 배어 있는 것 같고 시원한 눈빛을 하고 있었다. 갖고 있는 여행 가방의 부

피로 보아 먼 곳에서 오랜 세월을 지내다가 온 것으로 짐작되었다. 알고 보니 유럽에서 유학하고 돌아왔는데 비행기가 너무 늦게 도착하여 마중 나올 사람과 연락이 안 되었다면서 다시 전화박스 쪽으로 갔다.

뒷자리에서는 깊은 산 속에서 듣던 산새의 지저귐 같은 이야기 소리가 끊임없이 들려왔다. 그 소리를 자장가 삼아 잠을 청해 보려고 눈을 감았다. 그러나 잠은 오지 않고 문득 지난해 있었던 일이 떠올랐다. 일본의 한 시골역 야간 대합실에서 하룻밤을 보낸 일이 있었다.

JR 패스를 가지고 친구 몇몇과 북해도까지 갔다가 돌아오는 길에 세도대교로 가는 열차를 탈 수 있는 중간 역을 만났다. 그것은 뜻밖의 행운으로 여겨졌다. 그 곳에 가보고 싶었지만 남은 시간이 얼마 안 되어 못 갈 것이라고 단념을 하고 있었던 것이다. 자정이 넘어서야 세도대교가 있는 사카이데 역에서 내렸다. 잘 알려진 관광지라 숙소 잡기가 쉬울 것이라는 우리의 기대는 무너졌다. 너무 늦어 우리가 묵을 호텔은 찾을 수가 없었으므로 하는 수 없이 역 대합실에서 밤을 보내기로 했다. 그까짓 것 대여섯 시간만 참으면 날이 샐 것이고, 일본에서 가장 길고 아름답다는 세도대교를 보고 갈 수 있을 텐데 하고 쉽게 생각했다. 일행이 많아 무섭지는 않았지만, 시골의 작은 역이다 보니 변변한 의자 하나도 없었다. 마침 둘러보니 평상 같은 것이 하나 있어 모두 그 위에 빈 종이 상자를 깔고 둘러앉았다.

구름이 짙게 덮인 하늘에는 별도 달도 없었다. 밤이 깊어갈수록 한기가 온 몸으로 스며왔다. 엷은 공포감마저 우리를 휘감아오는 것 같았지만 간간이 지나가는 화물열차의 요란한 소리는 그나마 우리에게 있어서 구원이었다. 시간은 왜 그리도 안 가는지 벽에 걸린 시계와 눈싸움만 하고 있었다.

친구들은 오래 전 이야기를 꺼내기도 하고 요 며칠 사이에 다녀온 곳의 이야기를 했지만, 재미도 없었고 나중에는 이야기하는 사람도 듣는 사람도 없었다. 비스듬히 누운 채로 어설피 잠이 들었는가 했는데, 역의 전등이 환하게 커지면서 정복을 입은 역무원이 나타나고 첫 기차를 타려고 나온 사람들이 역구내로 들어오기 시작했다. 새벽잠에서 덜 깬 듯한 부스스한 표정들 속에서 우리들의 눈길을 끄는 처녀가 하나 있었다. 밝고 화사한 옷차림보다도 젊음이 내뿜는 향기에 끌렸다고나 할까. 이른 새벽에 말끔히 단장을 하고 나온 그의 부지런함에 호감이 갔다.

개찰을 시작하자 모두 바쁘게 기차에 올랐다. 기차가 천천히 구내를 빠져나갈 때였다. 역 입구가 갑자기 왁자지껄해졌다. 너댓 명의 장정들이 급하게 뛰어오고 세파에 잔뜩 찌든 때가 배인 듯한 중년 여자가 그들 뒤를 따라 들어오더니 지금 막 떠나가는 기차에다 대고 저것 잡으라고 소리소리 지르고 있었다. 떠난 기차를 노려보면서 분해서 못 견디겠다는 몸짓들을 하고 나가 버렸다. 그때서야 우리의 눈길을 끌었던 아가씨가 떠올랐다. 그러고 보니 어쩐지 서두르는 것 같기도 했고 초조해 보이기도 했던 것 같다. 나는 괜히 겁이 났다. 그녀가 저들에게 붙잡히면 정말 큰일이 날 것 같았다. 간발의 차이로 기차가 떠난 뒤에 그들이 들이닥친 것이 괜스레 고소했다.

팔려간 술집에서 고통에 못 이겨 도망가는 것일까, 혹시 좋은 자리 취직 시켜준다는 꼬임에 빠져 나쁜 곳으로 팔려갔다 도망 나온 우리나라 여인은 아닐까, 이런저런 생각이 꼬리를 물었다. 제발 잡히지 말고 무사히 도망가서 바른 삶을 살아가기를 바랐다. 한번 슬쩍 본 아가씨였지만……

이렇게 지난여름에 있었던 일을 떠올리다가 가물가물 얇은 잠속으로 빠져들었는데 갑자기 바람소리가 가슴으로 들려오는 듯하고 한줄기 한기가 스며왔다. 언뜻 눈을 떠보니 언제 왔는지 우리 앞에 키가 훤칠한 청년이 서 있었다. 내 옆의 아가씨를 바라보고 있는 그의 눈빛은 활활 타오르는 것 같았다. 그는 오랜 그리움 끝에 만난 처녀를 보물을 에워싸듯이 감싸 안고 대합실을 나가고 있었다. 이 세상 행복은 다 차지한 듯한 그들의 뒷모습이 나의 시야에서 사라질 때까지 나는 그들을 쫓고 있었다.

수많은 사람들이 떠나가고 또 돌아오는 대합실의 밤은 깊을 대로 깊어가고 있었다. 피로에 지친 나는 동이 트기를 기다리면서 젊은 두 여인을 비교해 보았다. 운명이란 어쩌면 이런 경우를 두고 하는 말인지도 모른다고 생각하면서.

어느 설문지 / 일본 교토

그날 밤, 일본 교토(京都)의 로얄호텔 연회장에는 '99진주회 경도대회(晋州會 京都大會)' 라고 쓴 현수막이 걸려 있었다. 그리고 좌석에는 한국에서 간 우리 일행의 이름표가 놓여 있었다. 백여 명이나 되는 회원들은 태반이 백발노인들이어서 칠십을 바라보는 우리가 오히려 젊은 편이었다. 해방 전에 진주에서 살았던 일본 사람들 중에서 소학교 동창들이 주동이 되어 모임을 가졌으니 그럴 수밖에 없었다.

그들 중에는 우리와 같은 여학교에 다니던 동찰들과 선생님도 몇 분 계셨다. 대회를 진행하면서 올해부터는 진주시와

도심을 조금만 벗어나면 이처럼 아름다운 경관이 기다린다. 맑고 찬 계류가 와폭을 이루었다.

이처럼 한가하고 평화롭게 보이는 일본의 농촌 마을. 진주에서 살았던 일본인과 진주시민의 우정이 영원히 지속되기를 기원하면서 교토를 떠났다.

사찰마다 중요한 문화재급 불상들을 모시고 있다. 천년의 세월을 견뎌 낸 청동 불상.

교토시가 새로운 형태의 '파트너 시대'로 체결되었으니 앞으로 두 시가 학술, 교육, 문화교류는 물론 한일 친선에 더욱 이바지하기를 기원한다고 했다. 너무나 오랜 세월을 못 만났던 사이고 보니 마음은 반세기의 시공을 뛰어넘어 옛날로 돌아간 듯했고, 들뜬 분위기는 가라앉을 줄 몰랐다.

그들 중에 몇 명이 '아리랑'고 '도라지 타령'을 부르니까 모두들 손뼉을 치며 같이 흥겹게 따라 불렀다. 또 '진주라 천리 길을 내 어이 왔던가'를 애절하게 부르고 있는 모습을 보니 여기가 한국인지 일본인지를 알 수 없을 정도였고, 그들이 얼마나 진주를 그리워하는지 알 수 있었다. 그때 노인 한 분이 내 옆으로 다가왔다.

우리 집 건너편에 있던 이시이(石井) 병원집 아들이라고 자기 소개를 하면서 옆자리에 앉았다. 나는 먼저 그의 아버지 안부부터 물었고, 그는 나의 어머니가 살아계시는가를 궁금

해 했지만 두 분 다 고인
이 된지 오래된 현실 앞
에서 서로 옛날 일만 떠
올리고 있었다.

우리 집 식구들은 그
병원을 자주 드나들었
다. 어머니는 병으로 아
들 하나를 잃은 뒤에 지
금의 남동생을 낳으셨
다. 동생의 이마가 조금
만 뜨거워도 그 병원으
로 달려가시고, 칭얼거
리기만 해도 아들을 업고 그 병원으로 가시던 모습이 지금도
잊혀지지 않는다. 어머니는 그 병원 의사가 수호신처럼 의지
가 되셨던지 색다른 음식이 있거나 햇과일이 나오면 그 집부
터 가지고 가셨다. 나도 그 병원 석조건물 이층 창가에 무성
하게 뻗어 오른 담쟁이가 좋았고, 정원에는 나무와 꽃이 많아
아프지 않으면서도 자주 그 병원에 들어가 서성이곤 했다. 얼
굴이 갸름하고 키가 큰 의사가 항상 반갑게 맞아주어 더 그랬
는지 모른다.

오늘 만난 그 병원집 아들이 말했다. 자기는 한국 소주를
좋아해서 자주 마시는데 술에는 강하지만 여자에게는 약하다
고 슬쩍 농담도 해왔다. 이지(伊豆) 반도에서 산부인과 병원
을 하고 있으니 그쪽으로 여행할 기회가 있으면 꼭 한번 놀러
오라는 말도 있지 않았다. 밤이 깊어가는 줄 모르고 무르익던
분위기는 그들이 다녔던 소학교 교가를 합창하면서 끝이 났

는데, 아직도 가사를 삼절까지 기억하고 부르는 그들을 보니 모두 눈시울이 젖어 있는 것 같았다.

　연회장을 나와 이층에 있는 숙소로 가려는데 누군가 회원 명부와 함께 설문지 한 장을 나누어주었다. 그 설문지에는 '현재 칠백 명인 회원이 오십 명 이하로 줄었을 때 이 모임을 중지할 것인지, 아니면 지금부터라도 자손들을 참여시켜서 이 모임을 계속할 것이지' 라는 문항이 들어 있었다. 유한한

교토는 역사적 유적이 많은 도시이다. 교토와 진주시의 시민들이 번갈아가면서 정기적 모임으로 발전시켜 나가기로 했다.

우리 인생에 언젠가는 오고야 말 그날을 미리 마무리하자는 말로 들리면서 이 모임에 대한 그들의 애정과 진지함을 보는 듯했다.

그들은 패전을 맞아 쫓기다시피 일본으로 돌아갔다. 그들의 입장에서 보면 허탈과 혼미 속에서 파란만장한 세월을 보냈을 것이다. 그리고 고생고생 끝에 겨우 기반을 잡고 심신의 상처가 아물기까지 근 삼십 년의 기간이 걸렸다. 어린 시절과 젊은 날을 보낸 진주가 그리워도 참기만 했던 그들이 드디어 '진주회'를 만들어 서로 진주 이야기를 나누며 회포를 풀고, 서로 소식을 전하면서 한 마음이 되었다. 이 모임은 지금부터 이십팔 년 전부터 시작했다고 한다. 북해도에서부터 남쪽의 가고시마까지 국내 비행기로도 두 시간이 넘게 걸리는 거리를 아랑곳하지 않고 매년 장소를 바꾸어가면서 만날 뿐만 아니라 몇 년에 한번 씩은 꼭 진주에서 모임을 가졌다.

역사란 무엇일까. 그리고 그들은 과연 누구였던가. 그들의 식민지 정책 아래서 우리는 얼마나 만신창이가 되고 어두운 세월을 보냈던가. 그러나 강물이 끝없이 흘러가듯 모든 것은 흐른다. 세월이 흐르고 역사가 흐르고 미움도 사랑도 흐른다. 우리 인생도 흘러 언젠가는 생을 마감할 날이 오면 모두가 태어난 곳으로 돌아갈 것이 아니던가. 흙으로, 바람으로, 안개로……

황혼길에 서 있는 그들을 다시 만날 날이 몇 번이나 더 있을지. 어쩌면 이번이 마지막이 될지도 모른다는 생각과 진주에서의 추억이나 그리움도 함께 묻어야 하기에 더욱 애절한 감상에 젖어 있는지도 모른다.

가는 세월은 어쩔 수 없다. 해마다 줄어드는 회원이 언젠가는 염려한대로 오십 명 이하로 줄어들 테고, 마침내 아무도 남지 않게 될 날이 올 것이다. 달빛 부서지는 남강 강물을 보면서, 서장대(西將臺)를 휘감고 넘어가던 현란한 저녁 노을을 보면서 자라난 그들의 감회(感懷)를 누가 짐작이나 할 것이며, 잃어버린 그 세월을 되돌려 줄 것인가. 어쩌면 그들이 가장 그리워하는 것은 진주가 아니라 그곳에서 보낸 사춘기와 젊은 날의 세월인지도 모른다.

쿠시로의 대습원(濕原)
/ 일본 북해도 쿠시로

쿠시로(釧路)는 일본 혹카이도 동부의 관문이다. 그곳에 가
면 사람들의 눈길을 끄는 풍경이 하나 있다. 쿠시로역 주변의
지하도에서부터 거리 곳곳에 이르기까지 학(鶴)을 그린 그림
이나 모자이크 타일이 수도 없이 늘어서 있는 것이 그것으로

북해도의 쿠시로 대습원
은 생태계의 보고이다.
여름이면 사슴 가족이
떼지어 지나고 갖가지
산짐승들을 볼 수 있다.
특히 세계적인 희귀종
두루미의 번식지로 잘
알려진 곳이다.

겨울에는 집단생활을 하며 이 기간 동안 마음에 맞는 짝을 찾아 구애를 한다. 짝을 만나면 암수가 공동으로 집을 짓는다. 새끼는 보통 1, 2마리를 키운다.

이곳이 바로 세계적으로 유명한 단정학(丹頂鶴)의 서식지임을 알려주고 있는 것이다.

안개인지 이슬비인지를 분간하기 어려울 정도로 지독하게 축축한 공기가 주변을 온통 휘감고 있어 대습원이 지척에 있다는 것을 실감나게 하였다. 쿠시로 습원에는 두루미뿐만 아니라 수많은 야생조류와 동식물이 서식하고 있다고 한다.

삼십만 평이 넘는다는 광활한 습원에는 좁은 길 하나만이 길게 뻗어 있었다. 사월 중순이라고는 하지만 이곳 북국의 봄은 아직 멀었는지 군데군데 잔설이 남아있었고 사람 키보다 높은 갈대와 이름 모를 잡초의 황갈색 물결이 바람에 일렁거리고 있었다.

우리 일행은 가까운 곳에서 단정학이라고 하는 두루미를 관찰할 수 있는 곳이 있다하여 그 좁은 길을 자동차로 이동하기 시작하였다. 적막한 습원을 반시간 이상 지쳐갔을 때 누런 풀 사이로 한 무리의 사슴 떼가 나타났다. 스무 마리가 넘어 보이는 사슴 떼가 한 줄로 길게 늘어서서 걸어오다가 우리와 마주친 것이다. 사슴들이 차에서 내린 우리 일행을 발견하고 행진을 멈추기는 했으나 놀라거나 두려워하는 기색이 전혀 없었다. 오히려 놀란 쪽은 우리 편이어서 한참만에야 정신을 차리고 카메라에 이들을 담기 시작하였다.

맑고 순한 눈망울을 천천히 움직이는 모습은 평화스럽기 짝이 없었고 마치 우리가 아닌 그들이 우리를 관찰하고 있는 듯한 느낌이 들

두루미는 암수 모두 정수리가 붉은 색이다. 그래서 단정학(丹頂鶴)이라고도 부른다.

정도였다.

어디에서 그 많은 사슴들이 나타난 것인지, 한 무리의 사슴 떼가 지나가고 나면 또 다른 무리들이 지나간다. 그들만이 아는 길이 따로 있는 듯 질서정연하게 행진을 계속하고 있다. 우리 사람들이 알지 못하는 그들만의 유토피아는 어디쯤일까. 나는 잠시 현실을 잊고 다른 세계에 서 있는 듯했다.

습원 속으로 깊이 들어갈수록 가까이 또는 멀리에서 전해 오는 야생동물들의 움직임을 빈번하게 느낄 수가 있었고 드디어 우리는 목적지에 도착해 차를 세웠다. 안내자가 준 망원경을 통해 그가 손가락으로 가리키는 곳을 따라가니 몇 쌍의 학들을 발견할 수 있었다. 이맘때가 바로 단정학이 이 습원 속 보금자리에서 알을 품는 때인 것이다.

마른 풀숲 사이로 한 마리의 학이 보일 듯 말 듯 앉아있고 그 옆에는 또 하나의 학이 서성이고 있다. 부부가 두 세 시간씩 교대로 알을 품고 있는 것이다. 비번(非番)인 학은 먹이도 가져다 날라야한다.

이곳의 겨울이 매우 춥다는데 하필 여기에 보금자리를 꾸미는 이유가 궁금했다. 알고 보니 습원 곳곳에서 온천수가 솟아나기 때문이라 한다. 영하 40

두루미 어미가 새끼를 돌보고 있다. 새끼는 갈색 보호색을 띠지만 자라면서 흰색 깃털로 바뀐다.

도나 되는 혹독한 추위가 덮쳐도 따뜻한 물이 계속 나온다는 것이다.

단정학이 제일 크게 자랐을 때 양 날개를 펴면 그 폭이 2미터가 넘고 키도 사람과 비슷할 정도로 크다. 이들은 기분이 좋거나 사랑하는 상대를 만나게 되면 머리가 새빨갛게 변하는 특징을 가지고 있으며 구애를 할 때는 날개를 있는 힘껏 다 펴서 춤을 춘다고 한다. 또한 짝짓기를 하고 난 뒤에는 반드시 서로 정중하게 절을 하는 것도 이들만의 특이한 행동이다. 무리를 지어 하늘을 보며 춤을 추는 이들을 보면 왜 옛 사람들이 학을 세상의 영물로 또 고귀함의 상징으로 꼽고 있는지 이해가 되었다.

단정학은 이곳 사람들이 습원의 심볼로 꼽을 정도로 사랑을 받고 있다. 한때는 먹이 부족으로 멸종위기까지 갔던 이 덩치 큰 학들이 다시 700여 마리로 늘어나게 된 것은 이곳 사람들이 지극 정성으로 보호한 덕분이다. 한 농부가 학들에게 먹이를 주게 된 것이 계기가 되었다고 한다. 단정학은 쿠시로 지역뿐 아니라 러시아와 중국, 한반도 등에서도 서식하고 있지만 모두 합해 2천 마리가 채 안 된다고 하니 쿠시로 습원이 단연 세계 최대의 서식지인 셈이다.

주위에 개발지가 많아지면 야생의 동식물이 살아갈 땅이 점점 줄어들게 마련이다. 그런데 이곳이 그나마 개발되지 않고 남게 된 데는 한 가지 이유가 있다. 그것은 이 지역이 봄은 늦고 겨울은 빨리 찾아오는 세계적으로 손꼽히는 한랭지라는 점이다. 나뭇잎이나 풀이 잘 썩지 않고 땅은 척박하다. 역설적으로 쿠시로의 대습원은 그 때문에 살아남을 수 있었던 것이다.

어찌됐건 야생의 동식물들이 야생 상태로 살아갈 수 있는 대습원이 보존되었다는 것은 축복 받을 일이다. 단정학을 비롯해 수많은 새들과 사슴, 여우, 토끼들, 그리고 이름 모를 수많은 벌레와 풀들……. 이들이 살지 않는 대습원은 무슨 의미가 있을까. 그러나 이들은 그 누구도 자신들이 이곳의 주인임을 내세우지 않는다. 우리 인간도 대자연의 일부일 뿐이다. 인간과 자연이 하나가 되어 살아가는 세상은 또 얼마나 더 아름다울 것인가.

이바시리감옥(綱走監獄)의 담
/ 일본 북해도

북해도 층운협 대협곡의 경관은 장관이다. 해마다 봄이면 연어가 알을 낳으려 이 협곡의 거친 물살을 거슬러 오른다.

▶흑악 정상으로 오르는 케이블카를 타면 만년설에 뒤덮인 설경을 마음껏 즐길 수 있다. 북해도의 대설산을 오르면 한여름에도 스키를 탈 수 있고 눈이 녹은 곳에서는 아름다운 고산식물의 꽃을 볼 수 있다.

일본 북해도에 있는 이바시리 형무소는 북해도 개척사를 이야기할 때 빼놓을 수 없는 곳 가운데 하나이다. 아무리 악명 높고 경력 많은 탈주범도 그곳에 들어오기만 하면 다시는 빠져 나갈 수 없었다는 감옥이다. 그런데 세월이 흘러 지금은 이곳이 관광지로 떠오르고 있다.

이바시리는 넓은 황무지와 무성한 원시림으로 이루어진 북해도의 가장 북쪽에 위치해 있다. 어찌어찌하여 감옥을 탈출하는데 성공했다 하더라도 어디에선가 맹수의 밥이 되거나 굶어 죽기 십상이었다. 그기에다 추위도 심해 겨울에는 얼어 죽지 않으면 다행일 정도였다. 오호츠크해라는 바다에 면해 있으므로 배를 이용하여 탈출할 수도 있었겠지만 그게 어디 쉬운 일이겠는가. 대부분 중형을 받은 죄수들을 수용한 탓에 감시체계가 유달리 엄중했다고 하여 이바시리 형무소는 그 높은 담만큼이나 악명 높은 감옥이었다.

▶북해도는 땅이 넓고 인구가 적어 자연이 잘 보존돼 있다. 가을이면 단풍이 온통 산야를 붉게 물들인다.

그런데 한 가지 특이한 것은 이곳에 많은 사형수나 무기수들이 수감되었지만 감옥이 생긴 이래 실제로 사형을 집행한 일은 한 건도 없다는 사실이다. 일본 본토에서 이송되어 온

죄수들로서는 이 눈과 얼음에 덮인 혹독한 땅에 끌려왔다는 사실만으로도 이미 유형의 형을 받고 있는 셈인데 그기에 또 사형이라는 극형을 더한다는 것은 너무 가혹하다는 점이 고려되었다고 한다.

이바시리 형무소는 자체 농원을 갖고 있다. 형무소에 속한 논밭과 산림을 모두 합하면 동경의 신주쿠만큼 넓은 면적이라고 한다. 죄수들의 노동력을 이용하여 많은 양의 숯도 생산했다고 한다. 그러고 보니 이곳 형무소장은 넓은 땅과 많은 노동력을 가지고 있던 중세의 영주와 같은 존재가 아니었을까……

이바시리 형무소를 그토록 유명하게 하는데 일조한 것은 높이 5미터에 길이가 1킬로미터에 이른다는 붉은 담이다. 죄수들이 직접 구워가며 5년에 걸쳐 쌓았다는 벽돌의 수는 자그마치 150만 개였다고 한다. 그렇게 완성된 붉은 벽돌의 높고 긴 담은 이 형무소를 상징하는 구조물이 되었다. 한 가지 흥미로운 사실은 수형수들을 사회로부터 완전히 차단시키고 그들의 도주 가능성을 원천적으로 봉쇄한 이 거대한 담은 다름 아닌 수형인 스스로의 노동과 땀으로 이루어냈다는 점이다. 한 장 한 장 쌓는 벽돌이 날마다 높아가고 드디어 자신들의 키보다 높아지게 되었을 때 그들은 과연 무슨 생각을 했을까. 이보다 더 비정한 일은 흔치 않을 것이다.

한 달에 한 번씩 이곳에 들러 재소자에게 하이쿠(俳句)를 가르치던 이 지방의 유지가 한 사람 있었다고 한다. 그에게 배운 죄수들이 지은 하이쿠가 세상에 알려지는 경우도 있었는데 그 중에는 수많은 사람들의 가슴을 울린 글도 있었다. 죄수들은 죄수들대로 밖으로 못 나가는 답답함과 울분을 시

를 통해 발산할 수 있었다.

담벼락을 넘어오는 저 나비는 꽃과 들을 자유롭게 다니는데 아무 저항을 받지 않는 저 나비 부러워라.
태풍이 오려나 구름이 걸린 발갛게 불타는 큰 벽.

쇠창살이 방해가 되어 은하수가 손에 잡히지 않네. 성에 낀 유리창에 참을 인(忍)자 써보네.

형무소 안에 갇힌 사람들의 사연이야 많겠지만 이들이 수형생활을 하는 동안 가장 미워했던 대상은 간수들이었을 것이다. 늘 죄수들의 일거수일투족을 감시하며 긴장 속에 살았을 그들은 비록 신분은 달라도 쇠창살 속에 갇혀있다는 점에서는 죄수들과 다름이 없었을 것이다.

북알프스 산행 / 일본 長野縣 松本市

우리나라에서는 북알프
스라고 하지만 정확하게
말하면 북쪽 연봉의 명
칭인 셈이다. 등산객들
이 연출하는 알록달록한
천막촌 또한 볼거리이
다.

나는 10여 년 전부터 연휴 때나 일요일이면 거의 빠지지 않고 산악회 회원들을 따라 산행을 해왔다. 서울 근교의 높고 낮은 산을 비롯하여 남한의 이름 있는 산을 몇 번씩 올랐는데 갈 때마다 새롭고 장엄한 고산준령과 심산유곡의 운치에 매료되고 말았다. 힘들고 괴로울 때도 많지만 며칠만 지나면 아팠던 무릎은 아무렇지도 않은 듯 나아버리고 다음 산행이 기다려졌다.

위장이 부실한 나에게 등산을 권하는 이가 있어 시작해 본 산행인데, 처음에는 눈먼 강아지 요령소리만 따라가듯 앞사람 등산화 뒷굽만 보고 숨가쁘게 따라다녔다. 키가 작고 체중이 무거운데다가 산행 경험도 없었으니 회원들 중에서 항상 꼴찌를 할 수밖에 없었다. 후미리더의 도움과 보살핌이 없었다면 일찌감치 그만 두었을지도 모른다. 그러나 참고 따라다니기를 거듭할수록 차차 걸음도 빨라지고 가벼워지더니 나무도 눈에 들어오고 숲도 보이기 시작하면서 어느덧 산에 끌려가고 있었다. 높은 봉우리 위에 서서 구름이 발 아래를 스쳐갈 때에는 선녀가 되어 하늘로 올라가는 기분이었고 겨울 산행에서 함박눈이라도 만나는 날이면 그 기쁨이야 어디다 비하랴. 바람에 휘날리는 눈송이를

일본알프스는 해발 3천 미터급 산들이 연봉을 이루어 '일본의 지붕'이라고 부른다. 북알프스, 중앙알프스, 남알프스 세 개의 산맥으로 이루어져 있는 명산이다.

나가노, 기후, 도야마현에 걸쳐 있는 북알프스 산맥은 일본에서 세번째로 높은 오쿠호타가타케(3190m)와 다섯번째로 높은 야리가타케(3180m)를 포함하여 해발 2500~3000m급의 산들이 남북으로 70km에 걸쳐 줄지어 있다.

온몸에 맞고 있으면 수북이 쌓인 눈덩이 속에 푹 파묻혀 버릴 것 같은 환상에 젖곤 했다.

산은 나에게 많은 것을 가르쳐 주었다. 아무리 높은 봉우리도 한 걸음에서 시작된다. 힘들어도 다른 사람이 대신 걸어 줄 수 없으며 언제 비바람과 폭설을 만날지도 모르니 항상 위험에 대비하여야 한다.

지난 일요일에도 겨울 산행 장비를 챙겨 배낭에 넣고 아침 일찍 집을 나섰다. 산악회 차는 가평을 지나 비포장 길을 한 시간 정도 가더니 찻길이 끝나는 곳에 우리를 내려놓았다. 좁은 들길에서 산행이 시작되었는데 완만한 산길이 한참 이어지더니 갈수록 가팔라지고 높이 올라갈수록 많은 눈을 밟을 수 있었다. 해발 1,150미터의 석용산 정상까지는 두 시간 남짓 걸렸는데 가쁜 숨을 몰아쉬며 능선에 올라보니 바로 눈앞에 1,460미터의 경기 제1봉 화악산이 정상에 흰 눈을 이고 손에 잡힐 듯 우뚝 서 있었다. 큰 소나무 위에는 솜꽃처럼 흰 눈이 앉아 높이 솟은 바위와 어우러져 사진이라

도 한 장 찍어 놓고
싶도록 아름다웠다.

지난해에는 산악 회원 10여 명과 일본의 북알프스를 등정하고 돌아왔다. 첫날은 야리카다케(槍ヶ岳) 산장까지 꼬박 13시간을 걸어야 했고, 다음 날은 북알프스 최고봉인 오쿠호다카다케(奧穗高岳)의 바로 밑에 있는 호다케 산장까지 가야 했다. 아침 일찍부터 등반이 시작되었는데 고소증에 시달려야 했고 남북으로 길게 이어져 있는 소연봉은 가도 가도 끝이 없었다. 좁은 길 양쪽은 천야만야한 벼랑이 끝을 가늠할 수 없었다. 험준한 암릉길은 의지할 나무 한 그루 없어 바위나 돌부리를 붙들고 간신히 올라가는데 강풍까지 만나고 보니 여기서 한 발짝만 잘 못 디디면 정말 일을 당하고 말 것 같았다.

손발이 후들거리고 정신이 아찔해 지는 것을 간신히 가다듬고 따라갔다. 한동안 가다가 일행의 앞쪽에서 쉬고 있는 일본 사람을 만났다. 육십이 가까운 할아버지와 여덟 살 쯤 되어 보이는 그의 손자가 2, 3미터의 간격을 두고 밧줄로 두 사람의 허리를 묶고 있었다. 이렇게 험하고 먼 길을 저 어린 나이에 올 수 있다는 것이 너무 놀라웠다. 그들도 우리가 묵어야 할 호다케 산장까지 갈 것이라며 우리와 앞서거니 뒤서거니 하여 해질 무렵에 산장에 도착하였다. 그 조손은 밤늦게 산장에 들어오면서 길이 어둡고 비까지 내려 고생하였지만 무사히 도착하여 다행이라며 미소를 지었다. 나는 숙연해졌

북알프스 산행 중 너덜 지대에서 잠시 숨고르기를 하고 있는 중이다. 능선은 수많은 바위가 깔려있고 그 틈바구니에서 갖가지 고산식물들의 꽃을 볼 수 있다.

다. 평생 얼마나 산을 좋아하고 다녔기에 어린 손자에게 몸소 산을 가르치고 그 혼을 심어주려고 하는 것일까? 지금도 석양에 빛나던 오쿠호다케의 찬란하고 장엄하던 광경과 함께 그 조손의 이야기 소리가 들리는 것 같다.

일기예보는 이번 주말에 눈이 올 것이라고 한다. 나는 지금부터 가슴이 설렌다. 잣나무 숲과 소나무의 푸른 잎 위에 춤추듯이 내려앉는 함박눈. 나목마다 소담스럽게 필 설화……. 마음은 벌써 산으로 달린다.

천상의 어울림 / 일본 토쿄

그 무대에는 화려한 장치도 현란한 조명도 없었다. 작곡가 히라오(平尾)와 가수 이스기(五木)가 나란히 앉은 의자와 두 사람 앞에 놓인 마이크가 전부였다. 두 사람은 같이 기타를 치고 있었는데 이스기를 향해 보내는 노 작곡가의 눈길은 얼음이라도 녹일 만큼 강렬해 보였다.

오늘의 연주회는 두 사람이 만난지 35년이 되는 날을 기념하는 자리였다. 35년 전 이날, 그들은 이름 없는 가수와 작곡가로 만났다. 어느 레코드 회사 옆에 있는 허름한 다방에서 처음 본 순간, 서로 자석에 끌리는 듯한 강한 느낌과 함께 이들의 운명적인 만남이 시작되었다고 전해졌다.

히라오는 이스기가 불러야만 어울릴 그런 곡을 만들어냈고, 이스기는 그 곡을 잘도 소화시켜 작곡가가 원하는 대로 멋들어지게 불렀다. 그러니 좋은 노래는 만들어지는 것이 아니라 생명을 가지고 이 세상에 태어난다는 말은 이 두 사람을 위해서 생겨난 말인지도 모른다. 한 곡, 두 곡 이들 명콤비에 의해 세상에 태어난 노래들은 어김없이 사람들의 심금을 울리고 뜨거운 사랑을 얻었다. 어느새 이들의 이름은 일본열도 전체에 알려지고 일본에서 손꼽히는 가수와 작곡가로 자리 잡게 되었다.

두 사람은 오늘 밤 그들이 히트시킨 20여 곡의 노래를 기타 반주에 맞추어 한 곡 한 곡 불러나갔다. 그러면서 사이사이 노래에 얽힌 사연들을 소개하기도 했다. '고향'이라는 노래 를 부르고 나서 이스기는 자신이 오랜 무명가수 시절을 버틸 수 있었던 것은 고향이라는 존재가 자신에게 용기를 주고 때 로는 채찍질을 함으로써 굳건한 버팀목 노릇을 해주었기 때 문인데, 공교롭게도 이 '고향'이라는 노래가 자신의 출세곡이 될 줄은 몰랐다고 털어놓았다.

이들의 노래는 아무리 사소한 이야깃거리라도 한없는 감동 으로 이끌어가는 마술사 같은 힘을 가졌다. 때로는 잊어버린 추억을 잔잔하게 되살려주기도 하고, 때로는 이별의 애절함 을 그러면서 아픔 그 자체 보다는 애틋한 정으로 감싸는 따뜻 함을 느끼게 해 주었다. 삼엄하게 휘몰아치는 삭풍과 같다가 도 어느새 속삭이듯 소곤거리기도 했다. 뿐만 아니라 우리들 영혼의 밑바닥까지 흔들고 가는 듯한 슬픔도 있었다.

이스기는 '창조주가 인간에게 내린 가장 아름다운 목소리' 라는 수식어가 따라다닐 정도로 좋은 음색을 가졌다. 그런데 작곡가인 히라오는 노래를 잘 부르지 못했다. 그러니 자신이 작곡한 노래를 멋들어지게 불러주는 이스기가 마냥 자랑스럽 고 대견할 뿐이었다. 기타 연주를 하면서 후렴 등 화음을 넣 어야 될 때가 되면 눈빛이 빛나면서 그는 긴장했다. 노래 부 르는 일에 있어서 자신이 할 수 있는 유일한 영역인데 그걸 남에게 뺏길 수 없다는 생각인지 혼신을 다하는 그의 모습은

4명의 여인이 담소를 나누고 있다. 아래 있는 여인은 일본 전통악기를 연주하고 있는 중이다. 작곡가 히라오와 가수 이스기도 일본 음악의 전통적 가락이 몸에 배어있는지 모른다.

그렇게 행복해 보일 수 없었다.

둘이 부르는 노래는 마치 하나의 생명처럼 혼연일체가 되었다. 이들의 노래는 조였다가 풀고 또 다시 고조되는가 하면 어느 사이 간드러지게 변하면서 사람들의 가슴 속에 잠자는 슬픔을 건드려 놓았다. 목소리는 분명 울대를 통해 나오지만 우리들 가슴속을 잘도 헤집고 들어왔다.

이들의 기타 연주는 어느 오케스트라 연주 못지않았다. 작

일본화 속에 등장하는
미인이 발 아래 향을 피
우고 팔을 들어 겨드랑
이에 향연을 쐬고 있다.

곡가 히라오의 깊은 영혼까지 읽어내는 이스기의 노래에는 사랑의 울림이 있고, 환희의 떨림까지 느낄 수 있었다. 노래하는 두 사람의 눈시울이 젖어있는 까닭을 이해할 수 있었다.

인연이란 무엇일까. 우리는 이 세상을 살아가면서 많은 사람 중에서 부모와 자식 사이로, 혹은 형제 자매간으로, 또 부부로, 친구로 서로 보이지 않는 인연의 끈으로 만났다면 행복한 삶을 누리겠지만 나쁜 인연으로 맺어질 경우에는 또 얼마나 괴로운 삶을 누려야 할지…….

원래 금실이 좋다함은 부부간의 사이를 거문고와 비파의 음이 아름답게 조화를 이루는 것에 비유하는 말이지만, 이두 사람에게도 이런 표현을 써도 좋지 않을까 한다. 왠지 이들의 노래를 듣고 있으면 두 사람이 죽은 뒤 하나의 별이 되어 우주를 떠돌 것 같은 기분이 들기 때문이다.

제 4 부

중국

중국

사막의 이슬로 사라진 고창왕국
/ 중국 투루판

투루판시에서 동쪽으로 40여 킬로미터를 가면 편편한 사막
지대에 고창왕국(高昌王國) 유적지가 나온다. 우리가 이곳에
도착한 것은 실크로드 여행 3일째 되는 날이었다. 사막의 오
아시스라고 불리는 녹주호텔에 짐을 풀었으나 한낮에는 기온
이 너무 높아 움직일 수 없다고 해서 오후 4시가 넘도록 낮 휴
식을 만끽했다.

　　고창고성(高昌古城) 오른쪽으로 만년설을 머리에 이고 있
는 천산산맥(天山山脈)이 멀리 누워 있고, 북쪽으로는 불타오

고창(高昌) 왕국은 고대
실크로드의 도시국가로
중국의 신장 위구르 자
치구의 황량한 타클라마
칸 사막의 북쪽 주변에
있었다. 교역을 중심으
로 하는 도시로 상인들
의 휴식처이기도 하다.

흥교사(興敎寺)는 당나라 때 승려 현장(玄奘)법사가 잠들어 있는 곳이다. 664년 현장의 사리 유골이 다른 곳에 묻혀 있었으나 669년에 흥교사가 건립되면서 이 절에 사리탑을 세우게 되었다.

르는 듯한 화염산(火焰山)의 신비로운 연봉이 울타리를 친 듯 길게 둘러서 있었다. 방울소리도 경쾌한 마차를 타고 뜨거운 햇볕이 내리쬐는 넓은 벌판을 달려 유적지 깊은 곳에서 내렸다.

당당했던 왕국의 화려한 궁전은 간 데 없고 흙벽돌의 누른 부스러기와 무너진 성곽 잔해만 남은 벌판으로 허무하고 스산한 바람만이 발끝을 스치고 지나갔다. 아직도 남아있는 성벽의 일부를 비롯하여 전망대였을 것으로 짐작되는 둥근 토성, 그리고 몇 군데 남아있는 깊은 우물을 보지 못했더라면 일찍이 왕국의 존재마저도 한낱 전설로 떠돌았을 것이라는 의구심마저 들게 했다.

내가 이곳을 찾기 전에는 나름대로 기대를 하고 있었다. 고고학자나 고미술 연구가는 아니지만, 단지 역사가 좋아서 별 것 아닌 것에도 황홀해하는 나 자신이 우스워졌다. 서안에 있는 진시왕릉의 병마용까지는 못 되더라도 불교가 성한 나려였으니 하다못해 불탑 한두 기라도 만날 수 있을 것으로 기대했건만 보이는 것은 그저 폐허뿐이었고, 서글픈 옛 이야기가

고창왕국은 흙으로 벽돌을 만들고 이것을 쌓아 올려 높은 누각을 지었다. 도시 전체를 흙으로 지었으나 적게 내리는 사막 기후와 건조한 환경이라 매우 튼튼하게 유지되었다.

이어질 뿐이었다.

고창고성은 동서로 1.4킬로미터, 남북으로 1.5킬로미터이어서 거의 정사각형이며 둘레가 5킬로미터나 되는 큰 성이다. 투루판에서 가장 오랫동안 흥성했던 사막의 왕국답게 성 전체는 바깥쪽의 외성과 안쪽의 내성이 따로 있었고, 왕궁의 배치 상황은 당 나라 때 장안 구조를 본 뜬 것이라고 전한다.

아시아와 유럽을 잇는 중요한 길, 실크로드의 모든 문화가 이 길을 따라 동에서 서로, 또는 서에서 동으로 이어질 때였다. 당나라의 젊은 승려 현장이 그 당시 국법을 어기고 천축으로 불법을 배우러 가는 길에 국씨가 왕으로 있던 이곳 고창국에 들러서 설법을 했다. 불교에 열성적이었던 왕은 현장의 법문에 매료되었다. 열심히 기도를 하고, 온 가족과 나라의 중신들과 함께 그를 환영하고 극진한 대접을 했다. 그리고 계속해서 그곳에 머물기를 간절히 바랐다.

그러나 현장은 천축으로 가는 것을 단념할 수 없었다. 그곳 공주도 어느새 현장을 사모하게 되었고, 그도 잠시 마음이 흔들리는 것을 깨달았다. 그래서 마음을 다잡기 위해 단식정진

고창왕국은 서부 중국에서 교통의 중심지 역할을 담당하였다. 오늘날 남아있는 역사적 문헌 자료가 적어 자세히 알려지지 않은 신비로운 나라였다.

에 들어갔다. 물 한 모금 마시지 않고 며칠을 버티는 현장을 보고 드디어 왕은 자기 욕심을 접게 되었다. 왕은 현장에게 천축에서 뜻을 이루고 돌아올 때는 반드시 이곳이 들러 3년만이라도 머물면서 이 나라에 불교가 성하도록 설법하고 도와달라고 간청했다. 그리고 왕은 많은 식량과 재물을 현장에게 제공하였으며, 그에게서 끝내 약속을 받아내고서야 보내주었다. 서기 630년 2월이었다.

현장이 서역에서 돌아오기까지 16년이라는 짧지 않은 세월이 흘렀다. 현장법사를 기다리던 왕과 공주가 꿈꾸어오던 눈물의 약속은 끝내 이루어지지 않았다. 현장이 이곳에 왔을 때는 이미 고창왕국은 멸망한 뒤였으며 사막의 이슬로 사라진 지 오래였다.

현장이 이곳에서 그 허망하고 덧없는 역사의 현장을 돌아서 나올 때의 무겁던 발걸음이 내 눈앞에서 아른거렸다. 그리고 현장의 한숨소리가 지금도 바람에 날리고 있는 것 같았다.

스산했던 그때 사막의 바람소리가 지금도 내 몸에 느껴지는 것 같았다.

고창왕국의 광활한 폐허 한복판에 서 있으면 이곳에서 일어났던 수많은 전쟁의 아픔이 되살아난다. 얼마나 많은 왕국이 세워지고 멸망했을까. 승리자와 패망자. 뺏고 빼앗기고……. 무엇이 그들을 그렇게 처절하고 참혹한 현장으로 끌고 가야만 했는가. 쓰러져가던 힘없는 병사들의 비명소리와 승리자의 기쁨이 넘치는 함성소리가 덧없는 역사 속으로 묻혀 사막에 잠자고 있다.

고창고성 유적은 현재의 투르판에서 북쪽으로 30㎞ 부근에 있다. 현장이 인도로 갈 때 이곳에 들렀으나 돌아 올 때는 이미 멸망한 후였다고 《대당서역기(大唐西域記)》에 적혀 있다.

문득 들려오는 말방울소리에 현실로 돌아오니, 우리를 태우고 나갈 마차에서 많은 상인들이 종을 무더기로 들고 방울소리를 내고 있었다. 옛날 이곳 실크로드를 달리던 낙타의 목에 걸었던 방울종이라 했다. 우습게도 나는 폐허만 보고 가는 고창고성에서 방울종이나마 사 가야겠다고 생각했다. 방울을 방문 위에 걸어놓으면 문을 열 때마다 이곳의 폐허에서는 찾지 못했던 그 무엇을 되살릴 수 있지 않을까 하는 막연한 기대였을까. 혹시 아는가. 낙타를 타고 사막을 달리는 꿈이라도 꾸게 될지.

사막의 배, 낙타 / 중국 돈황

기원 1세기를 전후하여 동서대륙을 잇는 실크로드가 열리면서 낙타의 활약이 두드러졌다. 낙타는 사막의 심한 모래바람으로부터 눈을 보호하기 위해 눈썹과 눈두덩이 길고 두꺼우며 허파를 보호하기 위해 코에는 예민한 근육이 있어 모래가 들어오는 것을 방지한다.

실크로드라는 말만 들어도 누구나 먼저 머릿속에 떠오르는 그림이 있을 것이다. 광활한 사막을 걸어가는 수십 마리의 낙타 행렬과 모래산, 능선을 지나가는 낙타 대열 뒤로 비치는 석양의 눈부신 빛깔을…… 세상 어느 빛깔이 노을처럼 그렇게 그윽하고 황홀할까. 이럴 때면 나는 또 어디로 떠나고 싶

은 마음에 사로잡힌다. 드디어 동경하던 실크로드 여행길에
오르게 되었다.

모래산이 아름답기로 이름 높은 명사산(鳴沙山)에 올랐다.
바람이 세게 불면 이곳의 모래가 흘러내리는 소리가 마치 산
이 우는 소리 같다고 하여 이름 붙인 모래 언덕이다. 산이라
고 하지만 나무 한 그루 풀 한 포기 없는 순 모래의 거대한 덩
어리. 그리 높지 않아도 경사가 심하여 한 60미터까지는 좁은
나무 사다리를 타고 숨 가쁘게 올라 모래 위에 드러누웠다.

명사산(鳴沙山)의 뜨거
운 모래언덕. 이 산 아래
월아천(月牙泉)이라는
반달 모양의 오아시스가
있다.

온 천지가 누런 모래산인데 내 평생 언제 그렇게 파란 하늘을
보았던가. 모래언덕 뒤로는 아무 것도 없으니 하늘이 그렇게
파랄 수밖에 없었다.

고비사막의 색채는 소박하고 엷다. 그래서 하늘이 유난히
푸르다. 바람에 모래가 이동하면서 그려놓은 물결무늬는 수

시로 변했다. 가만히 있어도 고운 모래들이 아주 작은 소리로
속삭이면서 흘러내렸다.

　다시 경사진 능산을 올라가야 하는데 한 발짝을 떼어놓으
면 모래 속으로 발이 푹 빠지면서 자꾸만 뒤로 밀려내렸다.
마음만 앞으로 갔지 몸은 도저히 앞으로 나갈 수가 없었다.
작렬하는 태양열을 흡수한 모래는 더욱 뜨거웠다. 모래를 걷

낙타는 '사막의 배'로 부를 정도로 사막지역에서는 중요한 운송 수단이다. 대부분의 동물들이 살기 힘든 사막에서 낙타는 무거운 짐을 지고 며칠 동안 먹지 않고도 살 수 있다.

는다는 일이 이렇게 괴롭고 어렵다는 것을 나로서는 짐작도 못했다. 걷는다고 걸어도 제자리에서 허우적거리는 행동을 반복할 뿐이었다.

　사막에 대한 막연한 낭만에 사로잡혔던 자신을 비로소 되돌아보았다. 내가 찾은 것은 무엇이며 나를 사로잡았던 그 실체는 무엇이었을까. 거대한 모래 바다에 홀로 떠있는 심정이 되면서 새삼 모래알의 수많은 속삭임이 들리는 것 같았다. 그러다가 문득 무거운 짐을 진 낙타가 눈앞에 떠올랐다.

사막과 낙타를 따로 떼어놓고 생각할 수가 없다. 실크로드라는 광대무변한 사막길에 낙타가 없었다면 어찌할 뻔했겠는가. 지금이야 다른 교통수단이 발달하여 아무런 문제가 없겠지만 당시 중국에서는 차, 비단과 도자기 등 많은 물건을 낙타에 싣고 여기저기로 흩어져 갔다. 이만리가 넘는 터키나 로마 같은 서역까지 갔다 올 때는 그곳의 진기한 물건들을 싣고 왔다. 이집트의 유리 제품, 페르시아의 은세공품과 구슬, 아라비아의 향료, 인도의 금과 상아 등을 실어 나르기도 했다.

낙타몰이꾼은 눈이 움푹 들어가고 코가 오똑한 이란계 사람들이 많았다. 그들은 페르시아풍의 목섶을 접은 코트와 바지차림에 장화를 신고 낙타의 코 고삐를 잡고 우리 앞에 나타났다. 수많은 상인과 구도자, 그리고 종교인 혹은 탐험가가 낙타와 함께 이 길을 지나갔을 것이다. 낙타는 덩치에 비해 온순할 뿐 아니라 등에 솟아오른 혹 안에 지방과 수분을 저장하고 있어 여기서 영양을 보급받기 때문에 며칠 동안 먹지 않아도 살아갈 수 있다. 혹 안의 지방을 분해하여 영양을 공급

화염산 입구. 소설 《서유기(西遊記)》의 한 무대가 된바 있는 뜨거운 모래산이다.

받으니 그 혹은 식량창고 역할을 하는 셈이다. 그래서 에너지를 많이 사용한 낙타는 혹이 줄어들어 거의 보이지 않을 때도 있다고 한다. 이 지구상의 자연현상 중에는 오묘한 것이 많지만 낙타가 사막에 적응하도록 창조된 것은 참으로 신비스럽다.

낙타의 몸길이는 대게 3에서 3.5미터 가량 되고 키는 1.8에서 2미터에 이른다. '사막의 배'라고 부르는 낙타는 서방의 진기한 물품들이 동양으로, 또 많은 상품들을 서양으로 운송할 때 큰 역할을 담당했다. 그 물건들이 낙타 등에 실려 흔들거리며 운반되었다고 생각하니 그것만으로도 우리를 아름다운 환상의 세계로 끌고 간다. 그러나 현실의 실크로드는 냉엄한 자연환경으로 둘러싸인 생활의 장이며 오아시스의 농경민과 초원의 유목민이 격렬하게 싸웠던 역사의 무대였다.

낙타는 동서양의 문명을 이어준 가장 공이 많은 전령사임에 틀림없다. 저 사막의 모래 밑에는 얼마나 많은 패잔병과 거금을 꿈꾸었던 상인들, 탐험가, 구도자들이 묻혔을까. 그들과 더불어 과중한 짐을 싣고 내리쬐는 뜨거운 햇볕 아래서 목마름과 굶주림을 견디지 못하고 죽어간 낙타의 뼈와 함께, 얼마나 많은 이야기가 저 사막에서 길을 잃고 방황하고 있을 것인가. 낙타 없는 사막은 상상할 수가 없다.

낙타는 눈가와 귀 언저리에 털이 많아 모래 먼지를 막을 수 있다. 200킬로그램이 넘는 짐을 지고 사막을 걸어도 모래 속에 빠져들지 않도록 발바닥이 넓다. 두꺼운 발바닥은 뜨거운 모래땅에서도 잘 견딜 수 있다. 낙타는 이미 세상에 태어날 때부터 혹독한 환경에서 살아갈 수 있는 장치를 갖추었다. 사막을 다니는 중에 낙타가 먹을 수 있는 것은 마른 쑥더미 같이 뭉쳐서 자라는 낙타풀 뿐이다. 낙타풀은 바람이 모아놓은 둔덕에 무리지어 자란다. 뿌리를 2미터 아래 땅속까지 뻗어 물을 빨아들이므로 척박한 사막에서도 살아남을 수 있다. 그러나 줄기에는 가시가 많아 낙타가 그 풀을 먹을 때는 피를 흘리면서 먹어야 한다. 너무나 가혹하고 비참한 낙타의 운명에 가슴이 저려 왔다. 낙타의 업장(業障)이 소멸된다면 이 줄기의 가시도 사라질까.

낭만적으로 생각했던 사막의 낙타를 보면서 궁금증이 들었다. 저 동물은 전생에 얼마나 많은 죄를 지었기에 억겁의 윤회 속에 살아야만 할까. 언제까지 고단한 삶을 누리며 짐승으로 남아있어야 하나.

태어나지 말라, 죽기 어려우니.
죽지 말라, 태어나기도 두렵도다.
인연 따라 왔다가 사는 것도 꿈이요.
죽는 것도 한낱 허망한 꿈이로다.

이 글은 낙타를 두고 쓴 시라는 생각이 든다. 이 세상에 태어나 3,40년을 살다 가는 그 순한 짐승은 괴롭고 고된 생을 마치고 나면 억겁의 업장에서 풀려날 수 있을까. 아무리 생각해도 알 수가 없다. 그 무거운 영겁의 짐을 지고 이만 리를 걸어야했던 거대한 사막의 배. 이러한 삶이 그들의 숙명이었기에 그처럼 크고 순한 눈은 늘 슬픔을 감추고 있었는지……. 낙타의 전생은 무엇이었을까. 앞으로 두고두고 풀어야 할 화두가 될 것 같다.

하늘을 날고 싶은 용의 후예 / 중국 대동

중국 고대국가였던 하(夏)·은 (殷)의 문화유적 기행을 떠나는 전날은 밤잠을 설쳤다. 이번이 중국문학의 현장을 찾아가는 다섯 번째 여행이지만 4천년이나 되는 긴 시간을 가로질러 우리를 맞아줄 무엇이 있다고 생각하니 은근히 기대가 되고 약간의 설렘까지도 느껴졌다. 거기에다 훨씬 뒤의 유물이긴 하지만 그 유명한 구룡벽을 볼 수 있다는 행운도 있었다.

북경에서 버스를 타고 서쪽을 향해 가노라니 헐벗은 산과 메마른 황토고원이 눈앞에 펼쳐지기 시작했다. 강수량보다 증발량이 많은 건조한 기후에다 황토층이 유실되면서 생긴 거대

밖에서 안이 보이지 않도록 가린 조벽(照壁)으로 길이 45.4m, 높이 8m, 두께 2m의 도제 벽이다. 대저택 건물은 불타 없어졌으나 이 벽은 그대로 남아 있다.

중국 대동에 있는 구룡
벽(九龍壁)은 명(明)태
조 주원장의 13왕자 주
계(朱桂)의 저택 일부분
이다. 벽면에 9마리의
도자기로 제작된 용을
부조 상태로 붙여 놓은
구조물이다.

파란색과 녹색을 바탕으로 하여 황색, 흰색, 보라색의 5가지 자기로 만들었다. 하늘을 나는 용, 위로 솟구치는 용, 바다로 들어가는 용 등 9마리 용은 제각기 다른 모습이다.

한 협곡과 광활한 사막이 한데 어우러져 만들어내는 경관은 마치 미국의 그랜드캐넌을 축소시켜 놓은 듯했다. 그러나 마냥 경관에 취할 수만은 없었는데 이곳이 봄만 되면 우리나라를 찾아오는 불청객 '황사'의 발원지임을 깨달았기 때문이었다.

메마른 야산에는 인공적으로 돌을 쌓아 흘러내리는 빗물을 막아 놓은 산중 저수지도 더러 눈에 띄었다. 고속도로 양편 50미터 너비에는 금년에 심은 것 같은 어린 묘목에서부터 어림잡아 십여 년은 될법한 포플러와 백양나무가 질서 있게 늘어져 있다. 그러한 광경이 제법 길게 이어지는 것으로 보아 중국 사람들이 녹화사업에 많은 신경을 쓰고 있는 것이 확실해 보였다. 그러나 우리가 앞으로 황사 걱정 안하고 살 수 있는 날이 언제가 될지는 알 수 없는 노릇이다.

북경에서 출발한지 3시간 남짓 만에 대동에 도착했다. 대동은 내몽골로 들어가는 입구에 위치한 군사적 요충지인데 구룡벽이 있어 유명한 곳이다. 구룡벽은 명나라 태조 주원장의 13번째 아들인 주계가 살던 집 입구에 있는 구조물로서 높이가 8미터, 폭이 2미터, 길이가 45미터나 된다. 지금은 불타고 없는 왕부(王府)의 안과 밖의 경계를 이루고 있는 이 구룡벽은 중국에 현존하는 세 개의 구룡벽 중 가장 규모가 크고, 보존 상태가 완벽할 뿐 아니라, 자금성이나 북해공원의 구룡벽보다 350년이나 앞서 만들어졌다는 것이 또한 자랑거리이다.

구룡벽은 조벽(照壁)의 일종이다. 조벽이라 함은 중국 북방 지역의 대표적 건물양식인 사합원(四合院)의 정문을 열고 나오면 바로 마주치게 되는 벽면으로서 외부에서 들이치는 모래바람을 막는 역할도 있지만 집의 안과 밖을 차단하여 밖으로부터 들어오는 액을 막고 내부의 비밀이 외부로 나가지 못하도록 보호하려는 주술적 의미도 있다. 이 대동의 구룡벽은 1392년에 지어졌다고 하니, 600년이 넘는 풍상(風霜)을 꿋꿋하게 버티는 동안 얼마나 많은 역사의 우여곡절과 인간사의 부침을 지켜보았을까.

구룡벽은 하늘을 뜻하는 푸른색과 땅을 뜻하는 녹색을 바탕으로 흰색, 보라색, 황색 등 5가지 색의 유리 기와로 지붕을 만들고 벽면에는 각각 다른 색과 형태를 가진 아홉 마리 용이 꿈틀거리는 모습으로 장식되어 있다. 여의주를 바로 눈앞에 두고 어떤 용은 지금이라도 하늘로 올라갈 듯하고, 어떤 용은 바로 아래에 있는 호수로 뛰어 들려는 듯하다.

자신들을 용의 후예라고 자처하는 중국 사람들이니만큼 용에 대한 인식은 남다르다. 신비감과 함께 약간의 공포마저 느끼게 하는 이 상상 속의 동물은 그들 역사의 무대에서 수천 년 동안 지고의 지위를 누려왔으며 아직도 권위와 힘의 상징으로 여기고 있다. 그들이 상상해온 용은 짧아졌다가 길어질 수도 있고 날아다닐 수도 있으며 춘분(春分)이 되면 하늘로 올라갔다가 추분(秋分)이 되면 호수 속으로 깊이 들어가 버린다는 영물로 신격화 되었다. 그들이 마음속에 그려오던 여러 가지 형상의 용들은 이 구룡벽에서 유감없이 표현되었다. 그 중에서도 긴 뿔과 화려한 수염을 가진 오색영롱한 용머리의 장식이 눈길을 끌었다.

여러 가지 모습의 용들을 한참 보고 있으려니 한 가지 의문이 떠올랐다. 진정한 용이라면 승천을 해야 한다. 때로는 하강도 해야 하고 가끔은 깊은 호수 속에 침잠하기도 해야 한다. 그런데 구룡벽의 용들은 600년을 넘게 똑 같은 모습으로만 남아 있으니 이들의 정체성은 과연 무엇인가.

사람들은 아홉 마리의 용을 현란한 빛깔로 치장시키고 입에는 여의주를 물려 신격화시켜 놓았다. 그러나 사람들이 이들을 통해 신화와 현실 사이를 오가는 동안 정작 아홉 마리 용들은 그 긴 세월 동안 벽에 묶인 채 세상사 온갖 흥망성쇠를 묵묵히 지켜보고 있을 뿐이다.

문수보살을 만났는가
/ 중국 산서성 오대현

　하은(夏·殷) 문학기행 셋째 날이다. 대동에서 하룻밤을 묵고 운강석굴, 화엄사, 구룡벽을 답사한 후 오대산(五臺山)으로 가는 길에 하늘에 매달아 놓은 듯이 지은 현공사와 중국의 가장 오래된 목탑으로 유명한 용현목탑을 관람한 후 드디어 오대산 입구에 도착했다.

　오대산은 사천성의 아미산(峨眉山), 절강성의 보타산(普陀山), 안휘성의 구화산(九華山)과 함께 중국 4대 불교성지 중 하나로 예로부터 불교성지로 꼽는 곳이다. 보현보살의 아미산, 관음보살의 보타산, 지장보살의 구화산, 문수보살의 오대산인데 그 가운데에서도 최고의 불교

오대산 용천사(龍泉寺)의 보제탑(普濟塔)은 대리석으로 조성한 불교미술의 걸작이다. 2층 기단 위에 둥근 보주 형의 탑신이 있고 그 위에 주택형의 팔각 옥개석이 있다. 그리고 다층의 상륜부로 구성된 정교한 석조 미술품이다.

용천사의 패방에는 89 마리의 용과 뱀·새·짐승·벌레·꽃들이 정교하게 새겨져 있다. 이 패방을 세우는데 백은(白銀) 3만 6,000량의 막대한 자금을 들였고 100여 명의 장인들이 10년에 걸쳐 조각한 걸작이다.

성지인 오대산은 산서성 태원지구에 있다.

수려한 풍광과 현란한 불교문화로 널리 알려진 오대산은 현통사를 비롯하여 탑원사, 불광사, 남선사, 용천사, 금각사, 수정사 등 수많은 사찰과 승려들이 수행 중에 있다.

오대산은 2,840평방미터의 방대한 지역에 걸쳐 있고 크고 작은 봉우리들이 수백킬러미터나 길게 뻗어 있다. 동쪽으로는 단애준봉이 솟아있고 서쪽으로 봉우리가 겹쳐져 있으며 중심은 북대인데 해발 높이가 3,040미터나 된다.

최고봉 북대와 함께 중대가 2,875미터, 동대가 2,795미터,

남대가 2,485미터, 서대가 2,773미터이다. 봉우리에 올라가 보면 모두 평탄한 대지로 되어 있고 많은 고산식물과 푸른 초원으로 이루어져 있다.

불교도들은 오대산 성지 순례를 평생의 소원으로 여기고 있다. 오대산에 들어오니 저절로 머리가 숙여지고 나도 모르게 두 손이 모아져서 합장을 하게 되었다. 그렇게 동경해 왔던 성지에 드디어 찾아오게 되었다.

옛날 북위 때 효문 황제가 오대산에 머물면서 아름다운 승경을 즐기고 있을 때였다. 문수보살께서 승려로 변신하여 황제에게 청하기를 자리 한 폭 깔아놓을 땅을 달라고 했다. 황제는 바로 그 자리에서 어렵지 않은 부탁으로 여겨 쾌히 승낙했다. 승려는 허락이 떨어지자 자신의 장삼을 벗어 휙하고 허공을 향해 던졌다. 5백리를 두루 덮어버린 장삼은 지금의 오대산을 다 차지하게 되었다. 황제가 이상하게 여겨

"짐은 돗자리 한 자락 깔 땅만 허락했는데 그대 또한 한 자리의 땅만 원하지 않았는가? 그런데 가사 한 벌이 오대를 다 덮었으니 참으로 기이하다. 짐은 이곳에 함께 머물 수 없다."

그러면서 오대산에 스님들이 싫어하는 부추 씨를 뿌리고 떠났다. 승려는 부추 위에 영릉향(零陵香) 씨를 뿌려 부추냄

패방 앞에서 가면을 쓰고 잡신을 쫓는 도포찰(跳布扎) 의식을 하고 있다. 신라의 자장율사도 이곳 오대산에서 수도하면서 부처님의 사리와 정골을 가지고 돌아와 적물보궁과 월정사를 창건했다.

새가 나지 않도록 했다. 오늘날에도 각 대에 부추가 가득 자라고 있지만 영릉향(零陵香) 향기만 그윽하게 풍기고 있을 뿐이다.

이후부터 '오대산 오백리는 한 자리의 땅이다.' 라는 말이 전해져 온다. 그 승려는 문수보살의 화신이었으므로 효문 황제로부터 합법적으로 오대산을 문수보살의 도량으로 물려받은 것이 되었으며 문수신앙의 중심이 되었다.

우리나라에 처음 문수신앙을 전한 분이 신라의 자장율사이다. 그는 7세기 중엽 선덕여왕 때 이곳에 와서 문수보살 석각 아래에서 일주일간 정성을 다 해 기도했더니 문수보살이 황금사자를 타고 나타나셨다. 자장은 문수보살의 화신을 친견하고 부처님의 정골사리와 가사, 발우 등을 하사 받았다. 문수보살은

"동북방 청량산에 문수보살이 계시면서 일만의 권속을 거느리고 늘 설법을 하시고 화엄경을 바탕으로 한 오대산 신앙이 이루어 질 것이다."

라고 하시었다. 이 말씀은 우리나라의 강원도 오대산을 가리킨 것이다. 그리하여 지금까지도 월정사를 비롯한 상원사

적멸보궁에 부처님 사리를 안치하여 문수신앙이 뿌리 깊게 이어져 내려오고 있다.

중국의 오대산에서 가장 규모가 크고 대표적인 사찰이 현통사이다. 그 절 깊숙한 곳에는 높이 5미터 정도의 청동 건물을 금으로 입혀 멀리서 보아도 눈이 부시다. 탑원사는 정교하게 쌓은 탑이 우람하게 높이 솟아 오대산 어디에서나 바라볼 수 있고, 수정사는 우리나라 오대산에 있는 월정사와 자매결연이 되어 있어 자주 왕래가 있다고 한다.

중국에서도 가장 아름답다고 하는 이곳 청량산(五臺山)은 보살들이 즐겨 살고 싶어 하는 곳으로 언제나 꽃들이 피어나는 아름다운 세계이다. 이곳 보살의 우두머리는 문수보살이며 1만 보살을 이끌고 상주한다고 믿고 있다.

오대산 어디에선가 문수보살의 화현(化現)을 만날 것 같은 기대에서 발걸음이 설레인다. 지혜의 상징인 문수보살을 오늘 어쩌면 이미 만난 것은 아닐까.

백이(伯夷) 숙제(叔齊)의 흔적을 찾다
/ 중국 이제고리

진사(晉祠)는 태원 서남쪽으로 25㎞ 떨어진 현옹산(懸甕山) 아래 있다. 주 무왕의 차남 희우(姬虞)를 향사하기 위해 북위 때 건립한 사당이다. 여기에 수령 3000여년 된 측백나무 노거수가 살아 있어 송대의 구양수(歐陽脩)가 시를 지었다.

만리장성이 시작되는 산해관에 도착한 것은 이번 여행길의 닷새째 되는 날이었다. 산해관의 천하제일관에는 장성이 바다 밑으로 십여 킬로미터까지 뻗어있는 모양을 자세히 그려놓은 그림이 있다. 발해만의 파도 밑에서 장성이 시작되었다는 이야기는 이곳에 와서 처음 듣는 이야기였다. 흔히들 이곳을 노용두(老龍頭)라고 하는데 정확한 이름은 입해석성(立海石城)이다.

그날 오후에 몇 시간을 달려 노령에 있는 흥성(興城)을 찾아가니 문화재로 지정된 오층탑이 고색창연한 모습으로 우리를 맞아주었다. 이 지방에서는 유일하게 옛날 그대로의 모습을 간직한 성이라고 한다. 성벽은 물론 성루까지 옛 상태로 보존이 잘 된 곳이라고 칭송이 대단했다.

그곳을 간단하게 구경한 후 우리는 좁고 초라한 골목을 지나 옛날 백이(伯夷)와 숙제(叔齊)가 살았다고 전해지는 마을로 들어섰다. 이끼 낀 돌기둥으로 둘러진 우물자리가 동네 어구에 있었는데 백이와 숙제가 마시던 우물이라 하여 이제정(夷齊井)이라는 비석이 세워져 있었다. 그것을 보니 비로소 우리가 백이·숙제가 살았던 마을에 들어왔다는 것이 실감났다.

그러나 길은 좁고 미끄러지기 십상이었다. 길이라고는 하지만 낮은 언덕에 허술하게 자리 잡은 흙무덤 사이로 사람들이 지나다니다보니 자연스럽게 길이 난 것뿐이었다. 큰 비라도 한 번 오면 무너져 흘러내릴 것 같은 언덕 한구석에서 이제묘(夷齊廟)라고 새겨진 석비(石碑)가 백이·숙제의 흔적을 증명하고자 안간 힘을 쓰고 있는 것처럼 보였다. 백이·숙제를 제사 지내는 곳인가 보다.

그 언덕 위에는 지은 지 그리 오래 되어 보이지 않는 제법 큰 건물이 하나 서있는데 '노령의 감옥'이란다. 왜 하필 이곳에 감옥을 만들었는지 잘 이해가 되지 않았다. 연암도 이곳을 지나가면서 이제정과 이제묘를 살펴보았다는데 그때는 저 감옥 건물이 없었을 터이니 연암과 비교하여 우리는 안 보아도

백이 숙제의 마을을 찾는 길에 뜻하지 않게 장자의 고향을 들르게 되었다. 마을 입구에 장자 고리(莊子古里)라는 비석이 보인다.

될 것을 본 것 같아 뒷맛이 씁쓸했다.

마을을 둘러보고 나니 이곳이 과연 백이·숙제가 살던 곳이 맞는지, 아니면 한갓 전설에 지나지 않는 이야기가 아닌지 의구심이 들만큼 별다른 흔적을 찾을 수 없었다. 하기야 3천년도 넘는 긴 세월이 흘렀으니 당연한 일인지도 모른다는 생각이 들었다.

사마천의 《사기(史記)》에 따르면 백이와 숙제는 고죽국(孤竹國)의 왕자였다. 아버지는 아우인 숙제로 왕위를 잇게 할 생각이었는데 숙제는 형에게 왕위를 양도하려고 했

운강석굴은 바위 절벽을 깎아 거대한 불상을 조각했다. 산서성 대동시 서쪽 20㎞에 있는 40여개의 석굴사원이다. 운강석굴은 막고굴, 용문석굴과 함께 중국 삼대불 중의 하나이다.

다. 이를 안 백이는 자기가 없어져야 동생이 왕위를 받을 것이라고 생각하고 산으로 숨어버렸다. 숙제도 왕위에 오르지 않으려고 달아났다. 이때 주나라 무왕은 천제가 다스리는 상국인 은나라를 치려고 하였다. 백이와 숙제는 '아버지의 장례 중에 군사를 일으키는 것은 불효이며 신하가 군주를 치는 것은 불인(不仁)' 이라며 말렸으나 무왕은 듣지 않았고 마침내 은나라를 쳐서 천하를 평정하였다. 백이와 숙제는 주나라의 녹을 먹는 것을 부끄러이 여겨 수양산으로 들어가 고사리를 캐먹다가 굶어죽었다.

당나라 시인 한유(韓愈)는 백이송(伯夷頌)이라는 글을 지어 '백이는 빼어난 뜻을 지니고 뛰어난 행동을 했으며, 하늘과 땅의 끝에 이르기까지 아무 것도 탐내지 않았던 사람'이라며 칭송을 아끼지 않았다. 백이와 숙제가 없었다면 후세에 나라를 어지럽히는 난신적자(亂臣賊子)가 연이어 나왔을 것이라고 했다. 단종 때 사육신의 한 사람인 성삼문은 다음과 같은 시조를 읊은 것으로 유명하다.

수양산 바라보며 백이·숙제를 한하노라
주려 주글진들 채미(採薇)도 하난 것가
비록애 푸새엣거신들 그 뉘 따헤 낫나니

수양산도 역시 주나라 땅이니 고사리라고 해도 주나라 땅에서 난 것이니 먹지 말아야했다는 것이다. 수양대군의 불의에 맞서서 자신의 의지를 다시 한 번 다짐하고 있는 그의 충절이 절절이 느껴지는 글이다.

세상을 살아가는데 중요한 덕목은 시대에 따라서 달라질 수 있다. 그러나 백이와 숙제가 남긴 '신의'라는 덕목은 3천 년의 세월을 뛰어넘어 오늘날 우리에게까지 전해지고 있다. 이번 여행은 백이와 숙제의 의미를 다시 생각하게 하는 뜻 깊은 계기가 되었다.

연암이 걸어갔던 길 / 중국 단동

압록강 철교는 북한과
중국을 잇는 다리이다.
이 다리의 중간 부위에
양국을 가르는 경계선이
있다.

아침 일찍 잠이 깨어 창문의 커튼을 한껏 밀어 재꼈다. 순간 압록강의 푸른 물이 바로 눈앞에서 넘실거리고 있었다. 물빛이 오리의 머리처럼 푸르다 하여 그 이름이 붙여졌다는 걸 증명이나 하듯 강물은 부서지는 아침햇살을 받으며 푸르게 빛났다.

어젯밤 늦게 중국 단동에 도착한 우리들은 한국전쟁 때 미

압록강은 사철 물빛이 푸르러 오리의 머리 빛깔 같다고 하여 부르는 이름이다. 상류의 백두산에서 베어낸 목재를 뗏목으로 엮어 압록강을 통해 신의주까지 운반한다.

군의 폭격으로 반 토막 난 철교 끝까지 걸어가 본 것으로 일정을 마감했다. 단동과 북한 땅을 잇는 또 하나의 다리는 물품 수송을 위해 나중에 건설한 것인데 나름대로 조명을 하여 압록강 강물 위로 별빛인양 고운 자태를 드리우고 있었다.

밖으로 나가니 날이 밝은 강가에는 포장마차 같은 점포 몇 개가 줄지어 서있는 것이 눈에 띄었다 뜻밖에도 그곳에는 우리 한복인 치마저고리가 집집마다 걸려 있었다. 알고 보니 북한에 고향을 둔 실향민들이 그 한복을 빌려 입고 바라볼 수는 있어도 갈 수는 없는 고향 땅을 배경으로 사진을 찍어간다는 것이다. 그렇게 해서 그들의 향수와 상처를 얼마나 달랠 수 있었을까. 새삼 우리 근대사의 비극이 아직도 끝나지 않았음을 확인하게 되었다.

  압록강 철교를 뒤로 하고 차는 새로 단장된 강변로를 따라
달렸다. 압록강을 오른 쪽으로 두고 수동 저수지까지 이어지
는 도로이다. 압록강의 넓은 강폭이 갈수록 좁아지더니 두 갈
래, 세 갈래로 나누어지고 강줄기 사이에는 작은 섬들도 보였

다. 누군가 뒤에서 위화도가 보인다고 일러주었다. 고려 말 우왕이 이성계에게 요동정벌을 명했을 때 이곳까지 와서 진을 치고 있다가 회군했다는 그 역사의 현장이다.

갈수록 좁아지는 강폭을 바라보고 있으니 한 발짝만 크게 뛰어도 닿을 듯하고 손만 내밀면 잡힐 것 같은 북녘 땅이 거기 있었다. 이곳에는 국경선도 없고 철조망도 보이지 않았다. 양관(兩關), 진강(鎭江)이라고 쓴 이정표가 걸려있는 곳을 지나다보니 멀리 시야에 들어오는 산이 하나 있었다. 그 산 꼭대기 언저리에 덩그러니 호산산장이 높이 솟아 있었다. 호산산장까지 올라가는 길은 만리장성의 일부로서 벽돌로 쌓은 성벽으로 이어져 있었는데 무릎 수술 날짜를 받아놓은 내 몸으로는 엄두조차 낼 수 없는 길이라 초입에서 뒤돌아오는 수밖에 없었다.

구련성을 지나 끝없이 펼쳐진 벌판을 시원하게 달리다보니 어느새 병풍처럼 둘러선 산맥이 시야에 가까워지기 시작했다. 우리가 차로 달리고 있는 이 길은 옛 조선의 사절단과 무역상들이 반드시 지나가야만 했던 통로였다. 연암 일행이 며칠을 계속 걸어야 했던 길을 오늘의 우리는 몇 시간 만에 지나갈 수 있는 것이 다를 뿐이다.

봉황산시에 들어서기 직전 기찻길을 지나오는데 가이드가 멀리 산속 깊숙한 데를 가리키며 흙무덤 같은 것이 보이지 않느냐고 했다. 멀리 봉황산의 맥이 잠시 잘록하게 끊어진 것처럼 보이는 그곳이 고구려의 봉황성이 있던 자리인데 지금도 당시의 성벽이 남아있다고 했다. 봉황성은 양쪽으로 협곡이 유달리 깊게 발달되어 있고 절벽이 깎아지른 듯 천혜의 요새로서 성 입구만 잘 지키면 적이 쳐들어올 수가 없고 그 속이 넓어 십만 대군이라 해도 넉넉하게 주둔할 수 있었다고 한다. 막강한 당나라 군대를 상대로 고구려가 승리할 수 있었던 것은 바로 이러한 산세와 지형을 잘 이용한 때문이리라. 잘록하게 끊어진 것처럼 보이는 그곳이 고구려의 봉황성이 있던 자리인데….

고구려가 자랑으로 삼았던 봉황성의 원래 모습은 이제 많이 사라졌지만 성벽만은 옛 상태를 유지하고 있다니 그나마 다행이다. 벽돌로 쌓은 중국의 성들과 달리 고구려가 쌓은 성벽은 아래쪽을 넓게 잡아 큰 돌로 견고하게 바치고 올라갈수록 좁아지는 것이 특징이라는데 봉황성의 성벽은 그러한 특징을 잘 보여주고 있어 그곳이 누구의 땅이었는지를 말없이 증명하고 있다는 것이다. 불편한 몸 때문에 비록 성벽까지 올라가지는 못했지만 봉황산은 아래서 보아도 장엄하고 수려한 산세를 뽐내고 있었다. 옛날 연암은 봉황산을 두고 다음과 같은 글을 남겼다.

초목의 윤기 오른 기운이 공중에 어리는 것을 왕기(旺氣)라고 하였으니 이는 곧 왕기(王氣)를 이르는 것이다. 이는 우리 서울이 실로 억만년을 누릴 용이 서리고 호랑이가 걸터앉은 형세이라. 그 신령스럽고 밝은 기운이야말로 의당히 범상한 산세와는 다르다. 봉황산의 형세가 기이하고 빼어난 것이 비록 도봉과 삼각보다 뛰어나다고는 하나 빛깔만큼은 한양의 모든 산에 미치지 못할 것이다.

비록 왕기와 빛깔은 부족할지 몰라도 그 빼어남은 연암도 인정했던 봉황산을 뒤로하고 차는 또다시 달리기 시작했다. 크게 잘 자란 버드나무와 미루나무가 차도 양옆으로 길게 늘어서 있고 무성한 나뭇가지가 바람에 흔들리는 모양이 보기 좋았다. 연암 일행을 태우고 지나갔던 말발굽 자국이 눈을 스치고 지나갔다.

밤하늘에 둥실 뜬 황학루 / 중국 무한

황학루는 무한시 양자강 변에 있는 유명한 역사 적 누각으로 악양루, 등 왕각과 함께 중국 '강남 삼대명원'의 하나이다.

아침햇살에 찬란히 빛나던 악양루(岳陽樓)를 서둘러 돌아보고 그 장엄하고 빼어난 자태에 혼을 빼앗긴 채 버스에 올랐다. 네다섯 시간 후면 황학루(黃鶴樓)에 닿을 것이다. 또 내일은 의창(宜昌)에 있는 등왕각(滕王閣)에 오를 예정이니 단 며칠 사이에 중국의 3대 누각으로 꼽히는 세 누각을 다 볼 수가 있는 것이다. 이 얼마나 행운인가. 모두들 기대감에 젖어 있었다.

호남성에 있는 악양루에서 호북성에 있는 무한(武漢)까지

등왕각(滕王閣)은 당나
라 때 이원영이 지은 누
각이다. 당 태종의 제22
자인 그가 '등왕'에 봉
해 졌으므로 등왕이 지
은 누각이라 하여 등왕
각이 되었다. 전란 등으
로 수차례 파괴되었으나
보수를 계속해 왔다.

는 약 230킬로미터 정도의 거리인데 우리가 가는 길은 홍콩에서 북경까지 이어져 있는 107번 국도이다. 달리는 버스 안에서 머리속은 온통 먼저 보았던 악양루 생각으로 가득 차 있었다. 하기야 감동의 소재는 악양루뿐이 아니었다. 악양루 앞에 펼쳐진 동정호는 또 어떠했는가. 중국 고대문학사에 빛나는 헤아릴 수 없는 명시의 고향인 동정호의 거울처럼 잔잔한 수면을 비추던 눈부신 아침햇살이 잊혀지지 않는다. 오늘 찾게 될 황학루는 그 많은 전설의 주인공답게 또 얼마나 아름답고 신비로운 모습으로 우리를 맞아 줄 것인가. 황학루를 끼고 흐른다는 장강의 물결도 그려보고 하니 마냥 즐겁기만 했다.

몇 시간을 별 탈 없이 달리던 버스가 언제부터인지 지체와 서행을 수없이 반복하더니 결국 딱 멈춰 서 버리고 말았다. 처음에는 우리나라의 도로사정을 떠올리며 이러다가 체증이 곧 풀리겠지 했다. 차가 막혀 도로전체가 주차장이 되었다가도 어느 순간 풀리기 시작하면 제 속도까지는 못 내더라도 목적지까지 가는 데는 큰 문제가 없었던 것이 우리나라의 도로 체증이 아니던가.

그런데 한 자리에 꼼짝없이 서있는 것이 벌써 몇 시간이 지났다. 하도 답답하여 차에서 내려 보았다. 일직선으로 길게 뻗은 길에는 집채만한 짐을 마대와 밧줄로 묶은 대형 화물차의 행렬이 끝이 보이지 않았다. 뒤를 돌아보아도 사정은 마찬가지였다.

어디에서 그 많은 화물차들이 모여든 것일까. 중국의 대형 화물차가 전부 모인 듯했다. 꼼짝도 안하고 서있는 차들을 보고 있으니 삼라만상이 일시에 정지해 버린 것 같아 불안해지기까지 하였다. 우리 일정이 엉망진창으로 완전히 깨어져 버리는 것은 아닌지, 곳곳마다 예약이 되어 있는 숙소와 식사를 비롯하여 우리를 연결시켜줄 버스와 기차, 심지어는 한국으로 돌아갈 비행기까지도……

　근심스러운 눈으로 멈춰선 차의 행렬을 바라보다가 문득 하나의 사실을 발견했다. 이 도로에 우리가 탄 버스를 제외하고는 한 결 같이 화물차였던 것이다. 조금 전까지만 하더라도 승용차나 다른 버스들도 더러 있었는데 언제 어디로 빠져나갔는지 몰라도 지금은 보이지 않았다. 거기에다 중앙분리대 너머 저쪽 차선의 차들은 아무 일 없다는 듯이 잘 달리고 있었다. 무엇이 잘못된 게 아닐까 걱정이 되어 안내원에게 물어보았지만 별 시원한 대답은 듣지 못했다. 이 길이 원래 좀 막히는 편인데 오늘은 좀 심할 뿐이라며 이제 거의 다 왔다고만 했다.

　하는 수 없이 우리는 모두 차에서 내려 민가도 상가도 별로 없는 곳에서 어렵게 식당을 찾아 늦은 점심을 했다. 낡은 나무식탁과 삐걱거리는 의자이지만 그 집에서 나온 식사는 어느 호화스러운 식당의 음식보다 훨씬 맛이 있었다. 늦은 점심이기도 했지만 마당에서 기르고 있는 닭과 바로 옆 텃밭에서 나는 신선한 채소 덕인 것 같았다. 특히 쫄깃하고 고소한 닭고기 맛은 일품이었다. 천천히 점심을 먹었는데도 길의 차들은 여전히 꼼짝도 하지 않았다.

　어슬렁거리며 몇 채 안 되는 민가 중의 한 집으로 들어가 보았다. 외부는 시멘트 벽돌로 쌓았는데 집안 바닥은 흙이다. 침실과 부엌이 뒤쪽에 있고 헛간에는 한쪽 구석으로 칸을 몇 개 질러놓았는데 여남은 마리의 닭들이 몇 줄로 웅크리고 앉아있다. 부엌 뒤쪽으로는 돼지 몇 마리가 꿀꿀거리고 있다.

집안 그 어느 곳에도 문짝 하나 없이 모두 툭 트인 상태이다. 앞마당에서 병아리 두 마리가 어디서 나타났나 했는데 갑자기 어미닭이 쫓아와 그 풍성한 털로 병아리들을 감싸 안는다. 해질녘 찬바람을 막아내는 어미닭의 품이 유달리 따뜻하게 느껴진다.

도로가 막히는 양상도 대륙에서는 다른 모양이다. 우리 고속도로는 아무리 막혀도 여기처럼 몇 시간을 꼼짝 않고 한자리에 못 박힌 듯 서있는 법은 없지 않은가. 그러나 그 많은 차들에서는 나와 보는 사람 하나 없고 초조해하는 사람도 없다. 우리도 그들의 만만디 기질에 서서히 동화되어 가는 듯 될 대로 되어라 체념하는 심정으로 변해갔다. 이왕 이렇게 된 바에야 주어진 이 시간이나마 즐겁게 보내자고 앞장서신 분은 H 교수님이셨다.

옛날 노래에서 요즘 불리는 대중가요까지 모두들 목청을 높여 부르기 시작했다. 마치 답답하고 암담했던 마음을 날려 보내기나 하는 것처럼 노래를 부르자 차안은 곧 흥겨워졌다. 안내자로 나온 교포 3세라는 분은 아주 노래를 잘 불렀다. 우리 노래는 물론 중국 대중가요에 민요까지 쉴 새 없이 불렀고 우리는 같이 어우러져 한 마음이 되었다. 밖이 어두워지고 기온이 떨어졌지만 차안에는 난방장치가 없었다. 옷과 목수건을 있는 대로 두르고 추위를 견뎌야 했지만 마음만은 훈훈했다.

한참을 흥겹게 노래를 부르다가 문득 창밖을 보니 차들이 서서히 움직이기 시작하고 있는 게 아닌가. 가다서다를 거듭하기는 했지만 못 박힌 듯 대여섯 시간을 꼼짝 안 하던 차가 움직인다는 것 자체가 희망이었다. 어느 사거리를 지나면서

부터 차가 제 속력을 내게 되었는데 마치 무슨 큰 기적이 일어난 것만 같고 누군가로부터 큰 은혜를 입은 것 같았다. 이미 해는 졌지만 고대하던 황학루를 꼭 볼 수 있게 되기를 빌면서 무한에 도착했다. 서둘러 찾아갔지만 문은 굳게 닫혀 있었다.

굳게 잠긴 문 앞에서 허탈해하며 하늘을 쳐다보았다. 그런데 이것이 웬일인가. 거목 사이로 황금빛 조명을 받으며 황학루가 하늘에 둥실 떠있는 게 아닌가. 마치 꿈을 꾸는 듯 황홀했다.

수많은 시인 묵객들이 명작을 남겼으며 많은 전설을 간직한 황학루이다. 옛날 신선이 황학을 타고 훌쩍 날아간 후 다시는 돌아오지 않았다는 전설도 있고, 벽에 그려놓은 황학 한 마리가 손님이 손뼉을 치자 그림에서 뛰쳐나와 인간세계를 훌쩍 떠나 날아 가버렸다는 매력적인 이야기도 있다. 또 처마의 모양새가 수십 마리의 학이 한꺼번에 날개 치면서 하늘로 치솟는 느낌을 준다 해서 황학루라던가.

양자강의 강폭이 가장 넓은 곳을 골라 가장 높게 지었다는 황학루, 그러기에 오늘밤처럼 밤하늘에 둥실 뜰 수가 있지 않았던가. 지금에 와서 생각해보면 107번 국도의 체증이 오히려 고마웠다. 제 시간에 맞춰왔으면 황학루의 이모조모를 좀더 자세히는 볼 수 있었겠지만 이처럼 밤하늘에 둥실 뜬 모습으로 잊지 못할 감명을 주지는 않았을 것이다. 학이 날아간 그림자를 쫓듯이 장강대교를 비추는 불빛과 함께 황학루는 전설 속의 신비한 모습으로 더욱 또렷하게 내게 다가왔던 것이다.

보검과 함께 잠든 오나라 왕
/ 중국 소주 호구산

물길에도 골목이 있어 좁은 수로에서는 작은 배를 이용하여 화물과 사람을 실어 나른다. 수로 위에 걸린 다리는 무지개 형이라 아래로 배가 자유롭게 다닐 수 있다.

강소성 남부에 위치한 소주에서 한산사와 졸정원을 둘러본 뒤에 호구산으로 향했다. 끝고 안 보이는 넓은 들판 한 가운

데에 멈추어 선 차는 호구산 입구라고 하며 우리를 내려놓았다. 이런 곳에 산이 있으리라고 도무지 믿어지지 않았다. 나지막한 언덕을 오르는 것 같았는데 가장 높은 곳이래야 해발 36미터밖에 되지 않는단다. 그러나 이 산에는 전설도 많고 유적도 많다.

춘추시대 오나라 왕 합려(闔閭 496-465BC)도 이곳에 묻혔다. 생전에 검을 좋아해 어장(魚腸)이라는 명검을 비롯하여 삼천 여 자루의 칼을 함께 묻었고 비취나 비단 등의 많은 부장품도 함께 묻었다. 왕의 장례가 끝난 사흘 후부터 이마가 넓고 눈빛이 사나워 보이는 호랑이 한 마리가 그 무덤 위에 웅크리고 앉아 지키고 있었다. 그 때부터 호구산(虎丘山)이라고 부르게 되었다고 한다.

전설은 이어져 그로부터 약 200여년이 지난 뒤 진시황제(295-210BC)가 남방순시 길에 소주에 들렀다가 합려의 무덤에 묻힌 명검을 파내려고 하자 어디선가 호랑이가 나타나 또 무덤위에 웅크리고 있는 것이 아닌가. 황제는 칼을 뽑아 호랑이를 내려쳤는데 칼은 바윗돌을 쪼개었을 뿐 호랑이를 베지는 못했다. 그리

오나라의 수도였을 때부터 호구산은 나라의 중심이었다. 해발 높이는 38m의 나지막한 동산이지만 많은 문화유적이 흩어져 있다.

호구산의 정상부에 당당
하게 서 있는 호구탑(虎
丘塔)은 비스듬히 기울
어 있어 '동양의 사탑'
이라 부른다. 벽돌을 쌓
아올린 전탑 양식이다.

고 보검도 다시는 찾을 수 없었다.

호구산은 그리 높은 편은 아니지만 둘레가 630킬로미터나 되고 면적도 20헥트알에 이르는 소주의 명소이다. 호구검지 (虎丘劍池)라고 붉은 글씨로 새긴 바위를 지나 왼쪽에 있는 둥근 문(月洞門)으로 들어서면 작은 연못이 나타난다. 수면 가까이 검지(劍池)라고 씌어 있는데 사실은 이곳이 합려의 무

비탈진 길옆에 정자가 하나 서 있어 눈길을 끈다. 당나라 때 서화에 능했던 기생 진양의 묘이다. 천인석(千人石)은 넓은 암반으로 앞에 작은 연못인 검지(劍池)가 있다. 오나라 왕 합려(闔閭)는 보검을 좋아하였는데 그가 죽자 아들 부차(夫差)는 연못 아래 아버지의 묘를 조성하고 보검과 함께 묻었다.

소주(蘇州)는 수향(水鄉)이라 한다. 곳곳에 수로가 발달해 있어 배를 타고 어디든 갈 수 있다. 멀리는 경항 운하를 따라 뱃길로 북경까지 이어진다.

덤이라는 설이 있다. 즉, 그의 무덤을 숨기기 위해 연못을 파놓은 것이리라.

검지에도 얽힌 이야기가 있다. 누구라도 무덤 속의 칼을 탐해 그곳에 들어가면 갑자기 폭포수 같은 물이 쏟아져 나와 사람의 접근을 막는다는 것이다. 합려의 명검들이 아직도 그곳에 묻혀있는 지는 그 누구도 알 수 없다. 오직 바위에 새긴 검지(劍池)라는 붉은 글씨만이 그 비밀을 알고 있을 뿐이다.

검지 바로 앞에는 판판하고 넓은 바위가 있는데 그 색이 핏빛이다. 오왕의 묘를 완성하고 무덤을 쌓는데 동원한 사람들을 그 바위에서 다 죽였는데 그때 사람들이 흘린 피가 아직도 바위를 물들이고 있다고 한다. 묘 안의 비밀이 새어나가 부장품이 도굴될까 염려되어 그랬던 것이다. 또한 진대(晉代)의 승려 생공(生公)이 설법을 할 때 천 명 이상의 청중이 이 바위에 모여 설법을 들었다 하여 천인석(千人石)이라고 부르기도 한다.

검지 뒤쪽으로 높이 솟은 7층탑은 운암사 탑인데 호구산의 정상에 세웠으므로 호구탑이라고 부르기도 한다. 주(周) 임금이 10년에 걸쳐 세운 탑이다. 이탈리아의 피사탑과 비슷하게 기울어져 있어 눈길을 끈다. 피사탑보다 6미터 정도 낮은 47.5미터의 높이인데 기울어진 각도는 비슷하게 보였다. 벽돌로 쌓아올린 이 탑은 수천 년의 세월을 견디며 삐딱하게 기울었지만 오히려 더 당당하고 독특한 품격을 갖추고 있다. 세계7대 불가사의 중의 하나라는 피사탑과 견주어도 전혀 손색이 없을 이 전탑에도 얽힌 이야기가 있다.

어느 날 호구탑이 당장이라도 넘어질 듯 갑자기 기울었다. 천하의 명소이니 하늘도 놀라고 신령도 당황했다. 그날 밤 소주의 전 백성들은 꿈속에서 불려나와 전력을 다해 탑을 붙들었다. 그래서 탑은 조금 기울기는 했어도 완전히 넘어지지는 않았다. 아침에 잠에서 깨어난 소주 사람들은 온 몸이 땀으로 젖어 있었고 도두 힘이 빠진 것을 체험했다. 특히 노약자들은 마치 큰 몸살을 앓은 기분이었다고 한다. 믿거나 말거나 한 일이지만 소주 사람들이 얼마나 호구탑을 아끼는지 짐작할 수 있는 이야기라고 하겠다.

오왕 합려는 초나라를 공격하여 강대해졌다. 그러나 당시 세력을 팽창하던 월왕 구천(句踐)에게 패하여 죽임을 당했다. 합려의 아들 부차(夫差)가 궐기하여 아비의 원수를 갚았다. 구천은 3년 동안 오나라에 잡혀 있으면서 온갖 고초와 수모를 당한 뒤 월나라로 돌아갔다. 그 치욕을 잊지 않기 위해 밤마다 건초더미 위에서 잠을 자고 방안에는 쓰디쓴 쓸개를 달아 놓고 식사 때마다 이것을 핥으며 설욕의 의지를 불태웠다.

구천은 부차의 마음을 사기 위해 많은 곡물을 바치고 부차가 고소대(姑蘇臺)를 지을 때에는 일부러 길고 두꺼운 목재를 선물했다. 부차는 그 목재의 치수에 맞추어 궁궐의 크기와 양식을 새로 설계하였으니 얼마나 더 많은 노동력과 물자가 필요했겠는가. 백성들의 생계에 커다란 타격을 준 것은 물론이다. 또한 구천은 월나라에서 가장 아름다웠다는 애비 서시(西施)를 부차에게 바쳤다. 부차는 서시의 미색에 빠져 국사를 제대로 돌보지 않아 결국 오나라가 망하게 되었다. 월왕 구천은 와신상담(臥薪嘗膽)하며 국력을 키운 지 22년 만에 드디어 춘추전국 시대 마지막 패권을 잡은 군주가 된 것이다.

수천년의 역사를 안고 있는 호구산의 여러 유적지와 곳곳에 남아 있는 전설들을 들으면서 내려오면 백련지가 있다. 운암사에서 검지와 천인석 쪽으로 내려오다 동쪽에 있는 연못인데 서시가 즐겨 거닐었다는 곳이다. 백련이 만발한 연못 한 가운데를 비단 옷자락을 휘날리며 돌다리를 건너던 그녀의 모습을 그려보았다.

백련지 앞에는 화우정(花雨亭)이라는 조그만 정자가 하나 있다. 꽃비가 내리는 정자라니. 그 이름이 좋아서 들렀더니 정작 양 기둥에 걸려 있는 주련의 시가 눈에 들어온다.

물이 굽어들어 거문고를 울리니
물고기가 뛰어나와 귀를 기울이네.
물가에 돌을 베고 누우면
나는 나비가 되어 시간을 잊네.
俯水鳴琴 遊魚出聽
臨流枕石 化蝶忘機

홍망성쇠의 역사 속에서 파란만장한 삶을 보낸 인물들─ 그 한 많은 넋들을 달래고 쓴 시가 아닐까. 한 마리 나비가 되어 유구한 시간을 잊을 수만 있다면······.

황산의 바위 / 중국 안휘성 황산

황산으로 가는 우리들은 간밤에 잠을 설칠 정도로 기대에 부풀어 있었다. 그 절경도 날씨가 좋아야만 볼 수 있다고 하니 해가 나기를 얼마나 기도했던가. 그러나 운곡사(雲谷寺)에서 케이블카를 타고 올라갈 때는 안개비에 가려서 바로 눈앞을 스쳐가는 몇 그루의 소나무만 볼 수 있을 뿐이었다.

글씨로 새로운 경지를 열었다는 뜻으로 바위에 서경(書境)이라 새겼다.

'오악을 다녀와서 다른 산 볼 것 없고, 황산을 다녀오면 다른 큰 산 볼 것 없다(五岳歸來不着山 黃山歸來不着岳)'. 이 말은 명나라의 유명한 여행가 서하객(徐霞客)이 한 말이다. 오악(泰山, 華山, 衡山, 恒山, 崇山)에서 돌아온 사람은 보통의 산은 눈에 들지 않는다. 그러나 황산을 다녀온 사람은 그 오악조차도 눈에 들지 않는다는 것이다. 중국의 사대 명

물로는 만리장성, 황하, 장강과 함께 황산을 꼽고, 중화인민공화국의 상징으로 삼고 있다.

케이블카에서 내린 곳은 해발 1,608 미터의 백아봉(白鵝峰)이다. 천만다행으로 비는 오지 않았고 구름 사이로 햇빛도 간간이 내비쳤다. 오늘밤 우리들이 묵을 북해호텔에서 여장을 풀고 등산길에 나섰다. 맨 먼저 올라간 곳이 사자봉이다. 잘 다듬어진 돌계단은 어디로 가나 이어져 있었다. 건너편 봉우리는 만물상으로 알려져 있는데 유난히 많은 기암괴석(奇巖怪石)은 온갖 형상의 바위들로 다양한 모습을 보여주고 있었다. 신선 둘이 바둑을 두고 있는 선인하기(仙人下棋), 그 옆에는 아기를 업

명의 지리학자 서하객(徐霞客)은 황산을 이렇게 표현했다. "오악에 오르면 다른 산들은 보이지 않고, 황산에 오르면 오악이 보이지 않는다(五岳歸來 不看山 黃山歸來 不看岳)"

은 여인이 바둑 두는 장면을 바라보고 서 있다. 선녀들이 돌을 디디고 노는 것 같은 바위도 있고 신선이 장화를 벗어놓고 승천했다는 장화바위도 있다. 큰 거북 한 마리가 조용히 앉아 있는 듯한 금거북바위, 멀리 산 위에는 양산을 쓰고 있는 신선바위 세 개가 나란히 서 있다. 어디를 둘러보아도 보통 바위가 아니고 그냥 돌이 아니다. 그 중에서도 사자 바위에 앉아 있는 원숭이는 억겁의 세월을 두고 눈 아래 세상을 아무 말 없이 그저 내려다보고만 있다.

유달리 푸르고 잘 자란 소나무들은 또 어떠한가. 검은 호랑이가 앉아 있는 듯한 흑호송(黑虎松), 두 소나무가 한 덩어리

황산(黃山)은 중국 안휘
성에 있는 명승지로 역
사상 수많은 시인묵객들
이 즐겨 찾았으며 명작
의 산실이기도 하다.
1982년에 국가중점 풍
경명승구로 지정하였고,
1990년에 유네스코 세
계문화유산으로 등재되
었다.

황산은 진나라 때는 이 산(黟山)이라고 불렸고, 당나라 때 현재의 황산 이라는 이름으로 바뀌었 다. 황산에 나란히 서있 던 암석은 고생대에 생 성되었으며 긴 세월이 지나 침식되어 현재와 같은 낭떠러지 절벽 경 관이 완성되었다.

가 되어 하늘 높이 곧게 솟은 연리송 (連理松) 등 저마다 많은 이야기를 엮어내며 서 있다. 황산은 몇 억 년 동안 신선들이 살고 있는 듯했고 기 암괴석(奇巖怪石)과 어우러져 잘 자 란 소나무들이 바위를 감싸 안고 있 다.

시신봉(始信峰) 옆에 있는 몽필생 화(夢筆生花)는 커다란 붓을 세워 놓 은 듯한 바위 꼭대기에 분재 같은 소 나무가 고고히 솟아 있다. 어느 때 어 느 신이 저렇게 절묘하게 세웠는지 탄성이 절로 나왔다. 사람들이 전하 기로는 당나라 시인 이백(李白)이 꿈 에 본 소나무라 하여 그렇게 불렀다 고 한다. 그 앞에는 마치 붓을 걸어 놓은 듯한 봉우리도 있었 다.

오후의 산행은 간간이 뿌리는 가랑비로 시야가 흐려져 먼 산봉우리는 볼 수가 없었지만 그래도 올랐다. 오전의 맑은 날 씨에 그만큼이라도 볼 수 있었던 것이 얼마나 복이던가. 황산 은 맑은 날, 비오는 날, 운해가 낀 날, 눈 오는 날을 두로 보아 야 한다는데 오늘 우리는 두 가지를 본 것이다.

깎아지른 듯한 단애 위에는 하늘에서 내려앉은 듯한 비래 석(飛來石)이 있었다. 그 바위에다 손을 대고 세 번을 흔들고 소원을 빌어보라고 했다. 세 가지 이상의 소원도 빌 수는 있 지만 가짓수가 많을수록 어려움이 많아진다는 안내자의 말은 우리 인생살이를 두고 하는 말이다. 너무 욕심을 내면 그만큼 번뇌가 많아져서 괴로우니 마음을 비우고 욕심을 버리라는 소리가 아닌가.

오후에 오른 봉우리 중 가장 높은 광명정(光明頂)에 올랐다. 구름만 걷힌다면 건너편에 있는 봉우리를 볼 수 있을 것이라는 기대에 그냥 바위 위에서 추운 것을 참아 가면서 앉아 있었다. 신선들이 많이 살아 신선 바위가 유달리 많다는 천도봉(天都峰)과 황산에서 제일 높은 연화봉(蓮花峰)의 활짝 핀 연꽃 같이 아름다운 봉우리를 바라 볼 수 있으련만, 운무(雲霧)에 싸여 한치 앞도 분간

해발 1000m 이상의 봉우리가 여러 개 있지만 특히 연화봉, 광명정, 천도봉이 높고 아름답다. 황산에는 괴송, 괴석, 운해, 온천이 곳곳에 있다.

못할 지경이니 안타깝기 그지없었다. 구름이 걷히기만을 산신에게 빌고 있었다. 그런데 한참을 앉아 있으니 정말로 신선이 거센 바람을 일으킨 것처럼 구름이 살짝 걷히는 것이 아닌가. 잠깐이지만 구름 사이로 보이는 연봉들은 더없이 아름답고 신비로웠다. 베일 속에 가려진 모습이 더욱 아름다운 이치가 아니던가.

회음벽(回音壁)에 와서 보니 바위 하나가 450미터나 되는데 그 아래에는 천야만야의 협곡이 있다. 그곳을 내려다보니 아찔하고 어지러웠다. 회음벽에 대고 '앗' 하고 짧게 소리를 지르면 오히려 또렷하게 돌아오는 산울림에 모두들 소리 내어 불러보며 신기해 했다.

구름을 맞이한다는 배운정(排雲頂)에 내려왔을 때는 안개는 다 걷히고 황산이 가진 천태만상의 봉우리를 또렷하게 볼 수 있었다. 천 년을 넘은 듯한 오래된 소나무들도 위풍당당하게 품위를 지키고 서 있었다. 그저 황홀할 뿐이고 탄성을 연발할 뿐 하찮은 글 솜씨로는 그 아름답고 신령스러운 경관을 표현할 수가 없었다.

바위들은 사람의 모습으로 또는 짐승의 모양으로도 보였다. 바위에 붙인 이름들을 외우느니 차라리 내가 느낀 이름을 붙여보고 싶었다. 다정한 벗들과 환담을 나누고 있는 듯한 우정바위, 부드러운 손길로 아들 손자며느리를 쓰다듬고 있는 듯한 할머니바위, 이 모든 황산의 절경에 말을 잃고 서 있는 이름 없는 시인바위, 그 바위들은 조용히 입을 다물고 있지만 나에게는 그들이 나누는 이야기 소리가 들리는 것 같았다.

억만 년의 세월 속에서 한 찰나에 지나지 않는 우리 인생을 되돌아보았다. 광대무변한 우주의 신비에 숙연해지지 않을 수 없다. 한낱 먼지 같은 나의 존재도 언젠가는 사라지고 말 것이 아닌가. 나는 차라리 황산의 바위가 되고 싶다.

촉한으로 가는 잔도 천리
/ 중국 사천성 무산

중국인의 꿈이 담긴 장강의 삼협댐 공사가 시작되기 위해서는 무려 70년의 세월을 필요로 하였다. 40년에 걸친 기획

장강삼협의 암벽을 뚫어 길을 낸 잔도유적이 아직도 선명하게 남아 있다. 시인 이백(李白)은 〈촉도난(蜀道難)〉에서 '촉으로 가는 길이 하늘 오르기보다 어렵다'고 했다.

과 준비작업도 모자라 그 후에도 30년이나 이어진 논쟁을 거
듭한 끝에, 1992년 4월 3일에야 공사 착수가 결정되었다. 이
공사가 완공되면 양자강의 최고 수위는 해발 17.5미터가 될
것이고, 서남부의 산성(山城)인 중경은 훌륭한 내륙 항구가
되는 셈이다.

　그러나 삼협댐이 완공되면 많은 문화유적과 옛 명소들이
물에 잠기는 비운을 피할 수 없다. 무협(巫峽)의 공명비, 장비
묘, 휘주의 굴원사, 구당협(瞿塘峽)의 고분 벽화들이 그것이
다. 이 유적들을 높은 곳으로 옮겨 놓으면 풍광이 한층 더 아

양자강은 중국 대륙 중
앙부를 동서로 흐르는
강이다. 나일강과 아마
존강에 이어 길이가 세
번째로 긴 강이고 아시
아에서는 가장 긴 강이
다 . 청 해 성　해 발
5,042m 지점에서 발원
하여 총길이 6,300㎞를
달려 동중국해로 유입된
다.

름다워질 것이라고 하지만 아무래도 역사적인 가치는 떨어지지 않겠는가.

소삼협으로 가기 위해 버스를 타고 무산(巫山) 시내를 반시간 남짓 달렸다. 한때는 이 지역에서 가장 번창했던 도시이다. 길은 좁은데 왕래하는 차들이 많고 늦게까지 남아서 장사를 하는 상점들도 제법 붐볐다. 그러나 집들은 부서진 곳이 태반이었다. 지붕이 없거나 한쪽 벽이 허물어진 채 남아 있는 집들은 마치 죽음을 기다리며 살고 있는 늙은 짐승을 보는 듯했다. 얼마 안 가서 고스란히 물에 잠겨버릴 마을과 들판이 나타났다. 소삼협의 양옆에 깎아지른 듯 솟아있는 절벽도, 구비치는 여울도 물속에 잠겨 다시는 볼 수 없으리라 생각하니 예사로 보아 넘길 수가 없었다.

강 양쪽 절벽에는 지금도 옛 잔도(棧道)의 흔적이 많이 남아있었다. 시성 이백(李白)이 〈촉도난(蜀道難)〉에서 '잔도천리 촉한으로 통한다'고 했듯이 절벽으로 이어진 곳에 길을 내기가 얼마나 어려웠겠는가.

전국시대 진(秦)나라가 촉을 치기 위해 수축(修築)한 금우도(金牛道)가 가장 오래된 잔도라고 전해진다. 어릴 때 들은 이야기지만 아직도 어슴푸레 기억 속에 남아 있는 그 금우도의 흔적을 직접 눈으로 보니 감회가 새로웠다. 진나라가 촉을 치려해도 길이 없어 고민하다가 한 가지 계략을 세웠다. 진나

백제성(白帝城)은 중국 중경시(重慶市) 봉절현(奉節縣)에 있던 성으로 삼국시대 촉나라 왕 유비가 죽은 곳이다. 인근에 그의 능이 있다.

라에 매일 금분(金糞)을 누는 소가 있다고 소문을 퍼뜨리고, 촉나라에서 그 금우(金牛)가 지나갈 만한 길을 내준다면 싸게 팔겠다고 했다. 물욕에 눈이 멀어버린 촉나라에서는 그 험한 절벽에 자멸로 가는 금우도(金牛道)를 낸 것이다. 이 이야기가 사실이라면 소의 항문에 금가루를 칠했다는 것을 촉나라 사람들이 알게 된 것은 나라가 망한 뒤였을 것이다.

삼협 중단에 있는 무협의 수려함이나 강 양쪽에 자리 잡은 천태만상의 기암(奇巖)과 웅장한 봉우리들, 거기에다 험한 물살과 유정한 계곡……. 그 어느 것 하나 시와 그림이 안 될 것이 없었다. 억만 년의 세월이 이 세상에 흔치않은 장려한 산하를 태어나게 한 것일까. 이곳은 오·촉이 싸웠던 전쟁터이다. 장엄한 역사의 강물은 전쟁터의 함성과 절규를, 민중의 한을, 인간사의 기쁨과 슬픔을, 화평과 갈등까지도 모두 안고 쉴 새 없이 흘러간다. 당·송 이래 수많은 문호들이 여기에서 불후의 명작들을 남긴 것은 어찌 보면 당연한 일인지도 모른다.

삼협댐 공사현장은 세계 그 어느 곳에서도 보기 어려운 방대한 규모이다. 댐이 완공된 후 저장할 수 있는 엄청난 수량과 바다 같이 넓은 수면은 아무리 상상력을 동원하드라도 그림이 잘 그려지지 않는다. 황당해 하고 있는 우리들에게 안내원은 댐이 생긴 뒤에도 배가 다닐 수 있도록 한 '선박 로커 게이트' 시설에 대해 설명해 주었다. 댐의 수면과 아래 강의 수위차(水位差)는 20미터가 넘는다고 했다. 댐 양쪽에 세 개씩 로커를 만들고 그 속에 배가 들어가면 자동적으로 아래쪽 문이 닫히고 로커의 수위가 댐과 같아질 때까지 물을 채워 댐을 통과할 수 있게 되고 댐에서 내려올 때도 하류 수위와 같아질 때까지 물이 빠지는데 모든 것이 전기로 자동 가동된다고 했다.

댐이 완공되면 빈번하던 홍수를 조절할 수 있고, 수력발전으로 전력공급이 늘어난다. 교통도 원활해져 전체적으로 중국 산업발전에 크게 기여할 것이라고 한다. 또한 삼협 주변은 더욱 아름다워지고 관광산업의 발전으로 오히려 이곳을 찾는

제갈공명의 묘. 앞의 비각에는 한승상제갈충무후지묘(漢丞相諸葛忠武侯之墓)라고 써 놓았다. 뒤에 그의 묘 봉분이 보인다.

관광객이 더 늘어날 것이라는 낙관적인 전망도 있다.

노도 같이 흐르는 급류로 이어진 계곡이며, 구름이 걸려있는 산봉우리, 깎아지른 듯한 절벽으로 이루어진 삼협을 둘러보면서 이러한 절경이 과연 어떻게 만들어졌을까 생각한 적이 있다. 과학이 발달하지 않았던 옛날에는 그 해답을 신화나 전설에서 구했을 것이다. 그러나 이제는 댐 공사로 그토록 많은 신화나 전설마저 물에 잠겨야만 할 때가 온 것이다.

그래도 예외는 있다. 유서 깊은 백제성은 이미 1700여 년 전에 이 지역이 물에 잠길 줄 미리 알고 저렇게 높은 곳에 지었을까. 댐의 완공으로 강폭이 넓어지고 강둑이 높아져도 천하의 백제성은 여전히 아름다운 자태를 뽐낼 것이다. 어디 그뿐인가. 무산십이봉은 우리에게 보다 가까이 다가올 것이다. 다만 구름에 감싸인 신녀봉(神女峰)의 전설이 그대로 유지될지 그것이 안타까울 뿐이다.

천도호의 원숭이섬 / 중국 안휘성 천도호

　운무에 뒤덮인 무이산(武夷山) 연봉을 뒤로하고 구곡계(九曲溪)의 여울소리를 가슴에 담은 채 절강성(浙江省)에 있는 천도호 연안까지 버스로 일곱 시간 남짓 달렸다. 다음 날 아침 일찍 유람선으로 부춘강(富春江)과 천도호 관광에 나선 것은 이번 여행에서 닷새째가 되는 날이었다.

　어쩌면 이렇게 넓은 호수가 다 있을까? 아무리 보아도 넓은

원숭이섬 전망대에서 본
천도호 전경.

천도호(千島湖)는 신안 강에 댐을 조성하여 생긴 수많은 섬들을 말한다. 섬이 천 개나 된다고 하여 붙여진 호수 이름이다. 유람선을 타고 가면서 주변의 문화유적을 감상할 수 있다.

바다인 것 같은데 20여 년 전에 댐 공사로 생긴 인공호수라고 한다. 중국문학 사상 가장 아름다운 비경으로 칭송된다던 신안강(新安江), 건덕강(健德江), 부춘강 모두를 어우르고 있으니 그 뛰어난 풍광은 이루 형언하기 어려웠다.

호수 전체가 산들에 둘러싸여 여러 폭의 풍경화를 이루고, 거기에다 거울같이 맑은 호수 면은 또 하나의 그림을 안고 있었다. 크고 작은 섬들은 마치 태고 때부터 지금 그 자리에 그렇게 떠있었던 것처럼 천연덕스럽다.

한나라 때 높은 벼슬을 버리고 이곳에 은신하고 살면서 낚싯대를 드리웠다는 엄자능조대(嚴子陵釣臺)를 비롯하여, 원나라 때 4대화가 중 한 사람인 황공망(黃公望)의 걸작으로 꼽히는 〈부춘산거도(富春山居圖)〉를 돌에 새겨 놓은 것도 볼 수

있었다. 강 옆 조대로 가는 돌다리 주위로 홍매가 만발하여
강물을 붉게 물들이고 있던 부춘강의 절경을 머릿속에 새기
면서 우리 일행은 다음 행선지인 원숭이섬으로 향했다. 원숭
이가 산다하니 당대(唐代)의 시인 맹호연(孟浩然)이 이곳에
서 읊었던 시 한 구절이 떠올랐다.

산그늘 길어지자 잔나비 우는데
강물은 밤을 타고 더욱 빨라라.
바람은 두 골짜기 풀잎을 울리고
한 줄기 달빛이 조각배를 비추네.
건덕 땅은 언제나 낯설기만 하여
고향 유양 땅이 못내 그립구나.

두 줄기 눈물을 고이고이 싸서
서녘땅 친구에게 보낼거나.
山暝廳猿愁 滄江急夜流
風鳴兩岸葉 月照一孤丹
建德非吾士 維揚憶舊遊
還將兩行淚 遙寄海西頭

　원숭이 섬에 오르니 이 섬에서 가장 힘이 센 놈들이라며 원
숭이 두 마리를 각각 다른 우리에 가두어 놓고 기르고 있었
다. 가까이 다가갔더니 금방이라도 우리를 부수고 뛰쳐나올
듯이 날뛰고 울부짖는 것이 기세가 사뭇 사나웠다. 어쩌다 저
꼴이 되었을까. 힘은 세어 보였으나 우리에 갇힌 몸이니 가엾
다는 생각이 먼저 들어 바로 볼 수가 없었다.
　문득 몇 해 전에 다녀온 일본의 어느 원숭이 산이 떠올랐

다. 그 산에는 천여 마리가 넘는 원숭이가 살고 있었다. 먹이 먹을 시간이 되면 오백 마리씩 나누어서 산을 내려왔다. 넓은 평지에는 수북하게 쌓인 먹이통이 줄지어 놓여 있었다. 한 복판 작은 제단처럼 돋은 곳에 먹이통이 마련돼 있어 다른 것과 구별되었다. 먹이를 먹으려고 내려오는 원숭이들은 전혀 서두르지 않았다. 어슬렁거리며 걸어와 제각기 먹이통에 앉은 폼이 오히려 제법 여유가 있어 보였다.

크고 작은 원숭이들은 토실토실하게 살이 쪘고 털도 유난히 윤기가 돌았다. 새끼를 등에 업고 오는 놈도 있고, 가슴에 젖을 물린 채 새끼를 안고 오는 놈도 있었다. 모두 모였는가 싶었는데 이상한 것이 어느 한 놈도 먹이통 앞에 입을 대지 않았다. 무엇을 기다리는 듯한 표정이었으나 여유가 있어 보이기는 마찬가지였다.

그 때였다. 산골짜기로부터 덩치가 아주 크고 어깨가 떡 벌

천도호(千島湖)는 1959년에 중국정부 최초로 자체 설계, 건설하였다. 국가적 1급 수질로 인증받고 있다. 천도호풍경구는 총 면적 982㎢이며, 천도호는 573㎢이다. 천도호 안에는 1,078개의 작은 섬들이 수면에 떠 있다.

어진 원숭이 한 마리가 느릿느릿 걸어오더니 예의 가운데 자리에 앉았다. 그 것이 신호인양 모든 원숭이들이 그제야 웅성거리기도 하고, 희희낙락하면서 먹이를 먹는 것이 아닌가. 짐승의 세계도 이런 질서가 있었구나 생각하니 기분이 이상했다.

아마 저 두목 원숭이도 저 자리에 앉기까지 수많은 적수와 싸워 이겨야 했을 것이다. 태어날 때부터 힘이 센 놈들이 있었을 테니 그들만의 제한된 경쟁이었을 것이다. 짐승사회에도 엄격한 계급이 있다는 것을 알고 보니 여러 가지 생각이 났다. 시간 가는 줄도 모르고 원숭이들의 노는 모습을 바라보고 있자니 내 눈은 제왕다운 품위와 위엄을 갖춘 두목 원숭이에게 자주 쏠렸다.

그런데 천도호의 원숭이들은 일본에서 본 원숭이들과는 많이 달랐다. 이들은 모두 높은 나뭇가지에 앉아 있었는데 거칠고 푸석푸석한 털과 푹 파인 힘없는 눈망울들이 모든 것을 말해주고 있는 것 같았다. 먹을 것이 제대로 없어 나무의 새순마저 다 따먹었는지 나무까지도 메말라 보였다. 다른 곳에서 본 원숭이들은 사람들한테 가까이 다가오고, 사람 손에 먹을 것이 들려 있으면 잽싸게 빼앗아 달아나는 밉지 않은 재롱도 부린다. 그런데 이곳 원숭이들은 아예 나무에서 내려올 생각도 않을뿐더러 사람들을 바라보는 눈이 하나 같이 겁먹고 경계하는 눈빛이었다.

일행 중 한 사람이 김이 말린 과자 몇 개를 던져주었다. 대부분의 원숭이들은 본체만체 하고 있은데 그 중 호기심 많은 한 놈이 내려와 김을 벗겨버리고 속만 씹어보지만 그리 맛이 좋지 않은 모양이었다. 사람과 과자도 다 낯설기만 한 것인가.

이 섬에서 차라리 사람들이 나타나지 않는 편이 좋을 것 같았다. 그들이 오래 전부터 살아오던 삶을 그대로 계속하도록 두는 것이 자연의 법칙을 따르는 것이 아닐까 하는 생각이 들었기 때문이다. 힘센 두 놈을 가두어 놓은 것은 필시 이놈들이 동료원숭이나 사람들에게 행패를 부렸기 때문이리라. 그렇다고 해서 이놈들을 가두어놓는 것은 어디까지나 인간의 생각일 뿐이다. 원숭이 세계에서 이들은 나름대로의 역할이 있을 것이다. 어떤 방식으로든지 원숭이 사회의 질서를 유지하고 무리들을 통솔해나갈 것이다. 자연의 세계를 인간의 가치로 판단하는 것은 그 얼마나 위험한 일인가.

신비로 가득한 아름다운 천도호의 원숭이 섬을 떠나오면서 말라빠진 원숭이들의 애처로운 모습이 나의 뇌리에서 오랫동안 사라지지 않았다. 언제쯤이면 자연 그대로의 원숭이 섬으로 돌아갈 수 있을까 하는 생각에 잠겨 그만 아까운 경치를 놓쳐버리고 말았다.

실크로드의 기점에 서서 / 중국 항주

비 내리는 늦은 밤에 항주에 도착했다. 우리들이 묵을 숙소는 마침 서호(西湖) 가까이에 있었다. 여장을 풀고 식사를 마친 후 호숫가로 나갔다. 쉬지 않고 내리는 빗속으로 우산을 받쳐 들고 나간 산책길이었지만 마냥 즐겁기만 했다. 청나라 시인 위원(魏源)은 이렇게 말했다.

악왕묘에 모신 악비 장군은 남송시대의 명장이다. 간신들의 모함으로 눈을 감기 전까지 혁혁한 공을 세웠다. 현판의 글씨는 악비장군의 휘호이다.

맑은 호수는 비 내리는 호수에 미치지 못하고, 비 내리는 호수는 달빛 호수에 미치지 못하며, 달빛 호수는 눈 내리는 호수에 미치지 못한다.

비록 달밤은 아닐지라도 오랫동안 그리워하던 서호 연변을 거닐 수 있는 것만 해도 얼마나 가슴 벅찬 기쁨인가. 호수의 물은 노면과 거의 맞닿을 것 같이 찰랑거렸다. 멀리서 호수에 비친 불빛이 꿈결처럼 물위에 가물거리고, 비바람 속에 일렁이는 물결은 잔잔한 물결무늬를 수없이 만들고는 또 지우고 있었다. 오늘밤은 비오는 호수를 만끽하였으니 내일은 맑은 날씨 속에 호수를 보게 해 달라고 빌면서 잠자리에 들었다.

아침에 나가 보니 그렇게 쉬지 않고 오던 비는 그치고 거짓말처럼 활짝 개어 있었다. 배를 타고 서호 유람 길에 나섰다. 바다인지 호수인지 알 수 없을 정도로 넓은 호수에는 작은 섬들이 몇 개 떠 있었는데 우리는 호심정이 있는 섬으로 올라갔다. 그 섬 물가에는 '충이(虫二)'라고 쓴 비석이 하나 서 있었는데 무슨 뜻인지를 몰랐다. 안내자의 설명에 의하면 풍월무변(風月無邊)이라고 했다. 청풍명월(淸風明月)이 어찌나

항주는 지상에서 가장 아름다운 호수라고 말하는 서호를 품고 있다. 호수 주변에는 수많은 문화유적이 널려 있고 고찰과 고탑이 봉우리마다 솟아 있다. 상록수림의 울창한 숲과 함께 사철 아름다운 꽃이 핀다.

아름다운지 끝을 알 수 없다고 하여 풍월(風月)에서 가장자리 변을 떼어냈더니 벌레 두 마리(虫二)만 남았다는 것이다. 서호의 아름다움에 빠져 있는 나에게는 이 충이(虫二)라는 글귀

항주는 경항운하의 시발점이자 종착점이다. 중국대륙을 남북으로 관통하는 대운하가 이곳 항주에서 출발하여 북경까지 이어져 있다. 도선장에서는 많은 배들이 정박해 있고 강남의 풍부한 물산을 중국 전역으로 실어나른다.

외에 이곳의 아름다움을 표현할 다른 말이 없을 것 같았다.

서호에는 36개의 달이 뜬다고 했다. 호수 한 가운데에는 높이 2미터나 되는 조명 석탑 세 개가 떠 있다. 그 탑 속은 비어

항주의 서호 인근에는 중국사대 불교성지 중의 하나인 영은사가 있다. 일주문을 들어서면 긴 암벽을 끼고 들어가게 되는데 단단한 오석에는 수많은 불상을 조각해 안치했다.

있고 다섯 개씩 둥근 창이 나 있어 불을 밝히도록 했다. 달 밝은 밤에는 15개의 창마다 불빛이 비치면 달빛처럼 밝고 호수에 비친 15개를 더해 30개이며 여기에 하늘의 달과 호수에 비친 달, 그리고 마주한 여인의 두 눈동자에 있는 달과 술잔에 뜬 달까지 모두 35개이다. 마지막으로 마음속에 고이 숨겨놓은 달까지 더하면 모두 36개가 되는 셈이다. 한자는 시를 위해 태어난 글자라고 한다. 시를 사랑하는 중국인의 절묘한 시적 상상에 혀를 차겠다. 달 밝은 밤에 다시 한 번 그 호수에 배를 띄워 보고 싶다. 36개의 달 중에서 몇 개나 찾을 수 있을지.

서호 연변에는 많은 기념관들이 있다. 소동파 기념관을 들러 절강성(浙江省) 박물관에 들어갔다. 역사관에는 칠천 년 전부터 있었던 하모도(河姆度) 문화에서부터 황하, 마가병(馬家兵) 문화를 비롯하여 육조(六朝)와 명(明), 청(淸)까지 그들이 살아온 발자취가 일목요연하게 전시되어 있었다. 그 중에서도 나의 눈길을 붙잡은 것은 비단이 처음으로 생산된 호주(湖州)와 오천년 전에 있었던 실크였다. 옆방에는 도자기를 굽는 데서부터 비단과 함께 멀리 다른 나라까지 팔려나간 길이 세계지도 위에 그려져 있었다. 비단과 차와 도자기가 실크로드를 타고 멀리 유럽까지 간 그 길을 보니 작년 가을에 다녀온 터키가 떠올랐다.

터키의 아나토리아 지방을 다녀올 때였다. 하루 종일 달려도 끝이 없는 사막이었는데 느닷없이 차를 세워 내려보니 '카라반 사라이'라는 푯말이 붙은 석조 건물 앞이었다. 남아 있는 한쪽 벽과 넓게 자리 잡은 집터를 볼 때 제법 큰 건물이었다는 것을 짐작할 수 있었는데, 그 집은 옛날 사막의 대상(隊商)들이 낙타와 함께 쉬어 가던 숙소였다.

사막의 상인들은 이스탄불에서부터 터키 내륙을 거쳐 이집트와 인도, 중국까지 잇는 실크로드를 통해 낙타를 타고 몇십 명이 무리지어 다니면서 장사를 했다. 그들은 서역에서는 구리와 황금과 유리를, 인도에서는 향신료와 상아를, 중국에서는 비단과 도자기와 차를 가지고 무역을 하였는데 중국에서 가지고 온 비단이 얼마나 많이 팔렸기에 이름까지 실크로드였을까.

'카라반 사라이' 라는 이 숙소는 실크로드에 있고 낙타가 하루 종일 달릴 수 있는 거리(距離)마다 세워져 있었다. 몇 날 며칠을 사막을 달려야 했던 그들은 숙소에서 피로에 지친 몸을 쉬어가면서 다녔던 것이다. 또 다른 길에서 온 상인들끼리 서로 주고받는 정보도 있었을 것이다. 그들이 나눈 애환의 정이 그 무너져가는 벽에 아직도 있을 것만 같았다.

서역에 출발하여 중국까지 오는 기나긴 실크로드는 지구를 반 바퀴나 돌아야만 되는 먼 길인 줄 알았는데 이곳에서 그 많은 비단과 도자기가 팔려나갔던 것을 떠올리니 실크로드가 어쩐지 친숙하고 가깝게만 느껴졌다.

흙먼지를 일으키며 머나먼 사막의 길을 달리던 낙타들의 발굽소리가 지금도 어디선가 들리는 것만 같다.

선상에서 펼쳐진 고전의상쇼 / 중국 성도

- 장강천사호(長江天使號) 승선기 -

장강천사호는 최신식 유
람선으로 배안에 모든
위락시설을 갖추어 놓았
다. 저녁이면 배에서 영
화도 보고 쇼도 즐긴다.
선상에서 펼치는 펴선쇼
도 관광객들에게 인기가
있다.

성도에서 출발해 중경까지 가는 밤기차를 탔다. 우리가 배
정 받은 칸은 2층으로 된 4인용 침대차였다. 친구들 중에서는
내가 가장 건강하다고 자부하면서 2층에 있는 침대로 올라갔

다. 다리가 짧다보니 곡예를 하듯 힘이 들었지만 일단 올라가 보니 생각보다는 윗층 침대가 편하고 아늑했다. 이렇게 밤기차에 몸을 싣고 중국대륙을 달리는 여행을 언젠가 꼭 한번은 해보고 싶어하지 않았던가.

차창 밖을 스쳐가는 희미한 풍경들과 덜커덩거리는 바퀴의 울림으로 쉽게 잠들 수가 없었다. 달리던 기차가 가끔씩 멈춰서는 곳은 어떤 역들인가. 우리는 지금 대륙의 어디쯤을 달리고 있는지……. 그것은 한없는 낭만이고 즐거움이었다.

아침 일찍 중경에 도착할 예정이었는데 기차가 연착을 했다. 우리가 탈 유람선 '장강천사호'는 출발시간이 한참 지났지만 도중에 전화연락을 해둔 덕에 아직 우리를 기다리고 있었다. 정복을 갖춰 입은 선원들의 영접을 받으며 배에 올라 방 배정을 받고 짐을 풀었다. 2박 3일간의 여정이었다.

장강천사호는 길이가 91미터나 되고 폭도 16미터가 넘는 대형 유람선이었다. 선원만 해도 150명을 수용할 객실과 몇 군데의 오락시설까지 갖추었다. 중경에서 무한까지 주로 위국인 관광객들을 싣고 향해하면서 유명 관광지는 배에서 내려 다녀오게 하고, 또 배가 기착하지는 않더라도 장강 주변의 명소를 지날 때면 갑판 위에 올라가서 구경하라는 안내방송을 해 주었다.

장강을 달리는 배는 그 많은 물살을 헤치고 가는데도 전혀 요동이 없었다. 선실 갑판에 올라가 지나가는 풍경을 즐기다가 그도 지치면 편안한 객실로 내려와도 좋았다. 거기서도 지나가는 경치를 만끽하는데 지장이 없었으니까.

배가 처음 우리를 내려준 곳은 풍도(豊都)였다. 귀성(鬼城)이라고 불리는 이곳은 명·청 시대 소설 《봉신연의(封神演

중국최대의 도시 중경은 장강을 이용한 수상교통이 발달했다. 이곳에서 장강을 따라 상해까지 갈 수 있고 경항운하를 타면 북경까지도 배로 갈 수 있다. 운항기간이 긴 관계로 가족단위로 배에서 생활한다.

義)》의 무대를 생생하게 연출해 놓은 시설이었다. 저승의 천국과 지옥의 모습을 대비하여 표현한 그림과 조각들이 눈을 끌었다. 이승의 종접이라는 차명부야(此冥府也)라는 돌비석 옆에는 마지막으로 이승을 되돌아본다는 망향대(望鄕臺)가 높이 서 있다. 인간이라면 아무도 피할 수 없는 죽음의 문제를 떠올리게 해 잠시나마 모두들 숙연한 마음이 들었다.

귀성에서 이승으로 나오는 문턱에 이르자 크게 세 번을 웃으라고 했다. 모두 목청을 높여 세 번을 웃었더니 가이드가

"이제 이 세상 근심 걱정이 다 날아갔어요." 라고 하였다.

우리보고 웃으라고 한 연유를 알게 되었다. 정말 유령과 요괴 등 으스스했던 저승의 그림자들이 다 사라진 것 같았다.

저녁식사 후에는 선장이 베푸는 리셉션과 패션쇼가 있었다. 정장을 한 미국인 선장은 모든 손님의 손을 일일이 잡으며 미소를 지었다. 패션쇼에서는 수십 명의 젊은 남녀들이 나와 중국 고유의 음악에 맞추어 결혼식에서 일상생활에 이르기까지 상류층과 서민들의 다양한 의상을 선보였다. 중국 전통 무용까지 곁들인 흥겨운 분위기였다. 맨 앞줄의 여자는 동양적인 미소가 신비롭게 느껴질 정도로 예뻐 유난히 눈길을 끌었다.

화려한 패션쇼가 끝나고 승객들이 나라별로 대여섯 명씩 대표로 불려나갔다. 한국, 일본, 대만, 독일 사람들이었는데 이들은 한데 어울려 음악에 맞춰 춤을 추다가 갑자기 '몇 명' 하면 그 숫자대로 짝을 짓는 게임이었다. 짝을 못 지은 사람들은 탈락하게 되는데 시간이 갈수록 탈락하고 남은 네 명은 상을 받게 되었는데 그 중에 우리 '코리안'이 셋이나 되었다. 한국 사람들의 순발력과 재치가 돋보였던 밤이었다.

방에 내려와 보니 유리창이 모두 거울로 바뀌어 있었다. 밤배에서 달리는 풍경을 보려 해도 밖이 전혀 보이지 않았다. 다음날 아침 날이 밝자 거울은 다시 투명한 유리창으로 돌아와 뱃전에 부딪히는 물거품까지도 볼 수 있었다. 요술쟁이 창문 때문에 안방같이 편안한 방이었다.

구당협을 지날 때는 그 유명한 백제성을 둘러보고 오라고 우리를 봉절에서 내려놓았다. 높은 곳에서 빼어난 경관에 둘러싸인 백제성을 둘러보고 배로 돌아왔다. 오후에는 무안에서 내려 30분 넘게 버스로 달린 끝에 소삼협의 절경을 만끽하고 다시 배로 돌아왔다.

배 안의 식사는 때마다 새로운 요리가 나오는데 동양요리와 서양요리가 잘 조화된 고급스러운 느낌이 들어 마치 귀족 대접을 받는 듯했다. 거기에다 패션쇼에서 눈길을 끌었던 예의 그 요정 같이 예쁜 아가씨가 우리 식탁의 담당이 되는 행운까지 누렸다.

　배에서의 셋째 날 새벽이었다. 오늘로 유람선 여행이 마지막이라고 생각하니 아쉽고 미련이 남았다. 잠시 후 무협십이봉(巫峽十二峰)을 지난다는 방송이 나왔다. 잠도 덜 깨고 하여 추운 갑판 위로 올라갈 엄두가 선뜻 나지 않았다. 이불 속으로 다시 파고들다가 무협십이봉이야말로 삼협의 수려한 풍광 중에도 으뜸으로 친다하여 얼마나 기대했던 경치였나 하는 생각이 뇌리를 스치면서 벌떡 일어났다. 서둘러 갑판으로 달려 나갔지만 벌써 십이봉의 절반 이상을 놓치고 말았다. 날이 아직 완전히 밝지 않아 어스름한 새벽안개가 신녀봉(神女峰)을 감싸고 있었다. 너무나 아쉬운 생각에 그 끝자락이라도 붙들고 매달리고 싶었다. 그렇게 신녀봉을 놓지 못하고 있는 매서운 찬바람이 깨웠다.

　아침식사를 마치고 기념촬영을 한 뒤 삼두평에서 내렸다. 우리를 다음 행선지로 데려갈 버스가 기다리는 언덕으로 올라갔다. 뒤돌아보니 며칠 동안 우리를 행복하게 해준 장강천사호가 조용히 떠나가고 있었다. 유람선과 함께 하면서 보았던 장강의 수려한 풍광들이 어느새 꿈결같이 느껴지며 언젠가 다시 돌아오리라 마음먹었다. 그 큰 유람선이 어느덧 조그마한 장난감 배로 변해 시야에서 사라진 다음에야 우리는 버스에 올랐다.

구채구의 물빛 / 중국 구황

중국의 중경에서 구황(九黃)공항까지는 한 시간이 걸렸다. 구황공항이 문을 연건 불과 열흘전이라 한다. 그전에는 여기까지 오려면 험난한 산길을 굽이굽이 돌아 무려 열서너 시간이 걸렸다 하니 우리는 그만큼 새 공항의 혜택을 받은 셈이

구채구(九寨溝)는 중국 사천성 북부의 창족 자치주에 있는 자연보호 구역으로 1992년 유네스코 세계자연유산에 등록된 명승지이다.

다.

비행기에서 내리자마자 찬바람이 온몸을 어지럽게 휘감아 그냥 서 있는 것만으로도 숨이 찼다. 중국에서 가장 높은 곳에 위치한 다섯 개 비행장 중의 하나로서 해발 3,500 미터나 된단다.

거기에서 다시 버스로 두 시간을 달려 호텔 정문 앞에 내렸다. 파라다이스 호텔 로비는 우주정거장을 연상시켰고 마중 나온 종업원들의 옷차림은 동화 속에 나오는 병정들의 복장을 닮았다. 호텔의 외벽은 수많은 알루미늄 파이프와 유리 재질의 건축재료를 적절하게 짜 맞춘 높은 구조물을 이루고 있어서 마치 우주의 어느 별에 온 듯했다.

호텔의 건물은 크고 화려했으며 객실도 깨끗했다. 그런데 문제는 호텔이 문을 연지 얼마 안 되서 그런지 몰라도 난방시설이 전혀 없었다. 우리 일행은 첫날부터 고소증과 추위 때문

에 생체리듬의 균형을 잃고 말았다.

　이곳은 주민의 절반 이상이 장족으로 소수민족이 사는 지역이다. '구채구(九寨溝)'라는 마을 이름도 티베트족 계통의 장족이 사는 마을이 아홉이 있다는 뜻으로 붙여진 이름이다.

　마치 속세를 초월한 선경(仙境)과 같은 느낌을 주는 이곳이 바깥세상에 알려진 것은 그리 오래되지 않았다. 30여 년 전 한 나무꾼에 의해 우연히 발견되면서부터라고 한다. 1990년에는 중국풍경명승구(中國風景名勝區) 40선 중 가장 뛰어난

구채구에서 가장 큰 진주탄폭포(珍珠灘瀑布)는 폭이 3,433m나 된다. 쏟아지는 폭포가 계곡 전체를 주렴처럼 드리웠다.

곳으로 지정된데 이어 이태 후에는 유네스코에 의해 세계자연유산으로 선포되었다. 거기에다 수년전 아카데미 수상작인 영화 '와호장룡'의 촬영지로 알려지면서 세계적인 명성을 누리게 되었다고 한다.

구채구에는 144개의 호수와 17개의 폭포가 있다. 우리들은 그중에서도 가장 높은 곳에 위치한 장해(長海: 해발 3,010미터)라는 호수변까지 가서 차에서 내렸다. 산과 안개에 둘러싸인 넓고 푸른 호수는 이름 그대로 하나의 커다란 바다였다.

호수물의 바닥까지 바로 손에 닿을 듯 깨끗하게 들여다보여 물깊이가 40미터가 넘는다는 말이 도저히 믿어지지 않았다.

장해에서 내려오다 오채지(五彩池)를 만났다. 에메랄드빛을 중심으로 하여 온갖 아름다운 색깔이 호수에 무늬를 놓은 것 같다. 이 세상 누가 저토록 아름다운 색깔의 향연을 만들어낼 수 있을까. 거기에다 구채구에서는 유일하게 아무리 추워도 얼지 않는 곳이라 하는데 아직 그 까닭을 밝혀내지 못하고 있단다. 풀리지 않는 불가사의로 인해 더욱 신비롭게 느껴졌다.

오채지가 구채구에서 가장 아름다운 호수라고 하지만 유일한 호수는 아니다. 공작이 꼬리를 펼칠 때의 아름다운 무늬가 나온다고 하여 이름이 붙은 공작해, 잔잔한 수면 위에 주변의 산그림자를 거울처럼 곱게 안고 있다는 경해(鏡海) 등 호수마다 이름이 다르듯 물빛 또한 다르다.

낙일만 폭포의 장엄한 물소리를 온몸에 품은 채 내려오니 진주만 폭포가 우리를 맞았다. 흩어지는 물방울마다 맺혀지는 수많은 진주알의 영롱한 빛을 보노라면 가히 넋을 잃을 만하다.

티베트족의 마을을 지나다 보면 눈에 띄는 깃발이 있다. 전에도 중국의 변방을 다니다가 종종 보아온 것이다. 마을이나 집 앞에 세운 깃발의 다양한 색깔은 저마다 상징하는 의미가 있다. 흰색은 깨끗한 마음을 뜻하는 구름을, 붉은 색은 태양을, 푸른색은 하늘을 상징하며 황토색과 녹색은 각각 땅과 나무를 상징한다. 빛이 바래다 못해 너절해 보이기까지 한 깃발에는 그들이 살아온 역사와 영혼이 담겨있는 셈이다.

구채구의 빼어난 산세와 형형색색의 호수, 그리고 아름다

투명한 물에 산맥에서 흘러든 석회석 성분이 침전되어 낮에는 청색, 저녁에는 오렌지 등의 다채로운 색을 보여준다. 또 계곡을 통해 운반된 부엽토에 식물이 자라는 독특한 경관을 보인다.

운 폭포는 자연의 신비가 그대로 보존된 비경에 다름 아니다. 그것이 우리의 마음을 빼앗고 마치 먼 고향에 돌아온 듯한 편안한 느낌을 준다. 헤아릴 수 없이 많은 새들이 이곳에 보금자리를 틀고 있는 것을 보면 우리 사람들만 그런 것이 아닌 듯하다. 그런데 한 가지 기이한 것은 평소에는 여기에 살지 않던 새들도 이곳으로 날아와서 생을 마감하는 것들이 적지 않다고 한다. 자신들의 생이 다했다는 것을 어떻게 아는지도 불가사의한 일이지만 하필이면 왜 이곳을 자신들의 마지막 장소로 삼는지 모를 일이다. 아마도 인간이나 동물이나 마음속에 담아놓고 있는 영원한 고향은 태고의 자연 그 자체인지도 모른다.

산상기도 / 중국 길림성 백두산

▶천지의 물은 달문으로 흘러 높이 68m의 장백폭포를 이룬다. 수량이 많을 때는 세 줄기로 내뿜는 물줄기가 소음을 일으키며 대지를 흔든다.

▼천문봉에서 천지를 내려다보면서 포즈를 잡았다. 하늘이 맑아 흰 구름이 수면에 내려와 누워 있다.

햇볕이 쨍쨍 내리쬐는 무더위가 여러 날 계속되고 있다. 내가 제일 싫어하는 이런 날씨에 두 번째 백두산 산행을 나섰다. 지난번에 8월의 꽃을 보았으니 6월의 백두산엔 어떤 꽃이 또 나를 놀라게 하려나 하는 기대감에 가슴이 설레었다. 작년에 다친 오른발의 나머지 통증이 걱정스럽긴 했지만 꽃을 보

와호폭(臥虎瀑)은 백호가 계곡을 으르렁거리며 기어오르는 형국이다. 겨울에 얼음이 얼었을 때 멀리서 보면 백호 세 마리가 산을 오르는 것처럼 보인다고 한다.

러 나설 때는 설명할 수 없는 용기가 생긴다. 혹자는 일상에서 늘 힘들어하는 게 꾀병 아니냐며 의아해 한다. 하기야 나도 나를 이해할 수 없으니 그들에게 무엇을 설명하랴.

그러나 백두산엔 아직 여름이 오질 않았다. 천지의 얼음이 채 녹질 않았고 지천으로 붉게 피어 있으려니 생각했던 담자리참꽃나무도 꽃잎을 굳게 닫고 있었다.

중국 군인의 안내로 천지 절벽을 내려가면서 한 송이씩 피어 있는 꽃을 보는 일은 천천만만의 꽃을 보는 것보다 더 반갑고 예뻤다. 잔돌이 구를까봐 위험하다고 뚱보 군인이 계속 잔소리를 했지만 그 70도 경사를 내려가는 일은 매우 긴장되고 힘들고 흥미로웠다. 천지는 얼어 있고, 주변엔 아직도 눈이 쌓여 있는데, 여기저기에 꽃들은 피고 눈이 녹아내리는 물은 소리를 내고 흐른다. 눈은 녹지 않았는데, 햇볕은 너무도 뜨거웠다. 무조건 비 오는 날을 좋아하는 내가 견디기에는 너무 힘든 날씨였다.

눈 위에 벌러덩 누워 등을 식히고 엎드려서 얼굴의 열을 식혔다. 눈 위에 먼지가 쌓여 있지만 아랑곳하지 않았다. 누워 있을 때 그 시원함과 편안함이, 설명할 수 없을 만큼 특별한 느낌이었다. 천지에 쌓인 눈에 엎드려 눈 속에 고개를 내밀고 피어 있는 꽃을 들여다 볼 때 그 기분을 어떻게 설명할 수 있을까.

눈 위에 누워서 쳐다보는 파아란 하늘. 조금 전까지도 햇빛의 열기로 무섭기까지 했던 구름 한 점 없는 하늘이 그토록 아름답게 보이니. 사람들은 눈 위에 젖은 먼지가 더럽다고 걱정했지만 그 위에 가만히 볼을 대어 보니 서늘한 습기가 내 몸의 더러움을 정화시켜주고 있는 걸 알 수 있었다.

전날에 두만강가를 달리며 북한의 산들이 너무 벌거숭이인데다 산꼭대기까지 개간을 하여 경작지로 만든 것을 보고 마음이 아팠다. 우리가 달리고 있는 중국 땅의 푸른 숲이 비교되지 않았다면, 알뜰하게 사는구나 하고 착각을 했을지도 모르는데, 먹을 것이 없어서 가파른 산까지도 곡식을 심어야 하고 장마가 지면 사태가 나고… 끝없는 악순환이 계속된다니, 그들의 고통이 감지되어 우리들이 매 끼니 먹고 있는 음식이 너무나 호화스럽게 생각되었다. 이런저런 복잡한 심경으로 꽃들조차 아름답게 느껴지지 않던 마음이 눈 덕분에 조금 풀어져 내리는 듯했다.

6월의 백두산 정상에 쌓인 눈 위에 엎드려 있는 내가 얼마나 행복한 사람인가를 다시금 느꼈다. 눈밭에 뒹굴지 않았더라면 내 마음 속에 가득한 북한 동포들에 대한 연민으로 우울

줄배 타고 떠난 세계여행

한 산행이 계속되었을 텐데… 한참을 엎드렸다 누웠다 하면서 아픈 마음을 진정시키려 애썼다. 내 몸의 열로 녹아내린 물이 기도가 되어 두만강에 흐르고, 그 물이 곡식을 키워 그들의 양식이 되었으면……. 사람들은 나를 지나쳐 산을 내려가는데 더 누워 있을 수가 없었다. 아쉬움에 눈덩이를 하나 떼어서 머리에 이고, 어려서 항아리를 인 기술을 발휘하여 곡예사처럼 걸음을 재촉했다.

견딜 수 없이 힘들던 몸이 생기를 찾은 것도 순전히 백두산의 눈 덕분이라고 전도사처럼 떠들었다. 9백 몇 십 개나 된다는 장백폭포 쪽 계단을 내려오는 일은 너무 힘들었다. 궁리 끝에 다리에 쉼을 주지 않고 뛰듯이 내려왔더니, 다리근육이 뭉쳐서 통증이 며칠을 지나도 풀리지 않아 애를 먹었다. 백두산의 정기로 겨우 회복된 몸을 망가뜨리고 나서야 마음이 미련하면 몸이 고생을 한다는 말이 생각났다. 저녁나절 장백폭포 아래 숙소 근처를 다니며 일행이 꽃을 찍느라고 분주하게 움직였다. 세찬 바람이 많이 불었다.

카메라를 갖지 않은 나와 친구는 한가하게 돌아다녔다. 촬영은 전문가들에게 맡기고 우리는 볼에 스치는 바람을 즐겼다. 다리가 너무 아파서 걸음걷기가 힘이 들었지만, 작은 개울을 건너 숲으로 들어갔다. 노랑만병초와 나도옥잠

◀백두산으로 오르는 운중로(雲中路) 중간에 암벽이 U자로 뚫린 풍구(風口)라는 곳이 있다. 여기서 아래로 내려다보면 멀리 장백폭포가 한눈에 들어온다.

지하삼림을 흐르는 계곡
물이 현무암의 암반을
뚫고 지하로 들어가 폭
포를 이루었다. 아래쪽
에서 보면 물은 바위 구
멍에서 솟아나 다시 계
류를 이룬다.

백두산은 곳곳에 아름다운 폭포를 품고 있다. 산이 높으니 골이 깊고 골이 깊으니 물이 풍부하여 모든 생명을 키우는 젖줄이 되고 있다.

이 셀 수 없이 많이 피어 있는 평평한 숲 속을 걸었다.

너무 많은 걸 기대하지 말자. 이것만으로도 너무 좋구나. 좋은 친구와 거니는 숲 속의 정취. 이에서 무엇을 더 바라랴. 그 숲이 더구나 백두산의 숲인데……

지난번에 백두산행 때에 비가 많이 내려 별을 못 보고 갔으니 이번엔 눈과 별을 보고, 또 내년에 7월의 꽃을 보러 오자. 이번 산행에 서파능선의 꽃을 못 보는 아쉬움을 달래며 밤을 기다려 별바라기를 나섰다.

줄배 타고 떠난 세계여행

초판인쇄 : 2016년 3월 1일
초판발행 : 2016년 3월 10일
지 은 이 | 윤숙경
발 행 소 | 차의 세계

등록 · 1993년 10월 23일 제 01-a1594호
주소 · 서울시 종로구 운니동 14번지 미래빌딩 4층
전화 · 02) 747-8076~7
팩스 · 02) 747-8079
E-mail · suncha@empas.com
http : www.suncha.co.kr
ISBN · 978 - 89 - 88417 - 75 - 1 03800

값 15,000원